危険なふたり

樋口卓治
Takuji Higuchi

幻冬舎

危険なふたり

危険なふたり／目次

実在の人物が登場しますが、本作品はフィクションです。

第一章

ホームドラマの、依頼が来た。

キムチは手で縦にちぎった方が美味《おい》しい。

そのことに気づいたのは、一人暮らしに慣れた頃だった。

三林草生介《みつばやしそうすけ》はキムチ鍋の用意をしていた。

昨晩、煮干しと昆布で取った出汁《だし》に、キムチと豚バラを放り込み、手製のキムチ鍋の素を投入し煮込む。

ビールを飲みながら、締めはラーメンと雑炊のどちらにしようか迷っていると、インターホンが鳴った。

モニターに手を振る三人が映っている。来たな。今から独身生活を謳歌している男を演じ切るのだ。絶対に同情などされてなるものかと自分を鼓舞した。

やってきたのは、ドラマプロデューサーの犬飼と、アシスタントプロデューサー、通称ＡＰの夏穂と明菜だ。草生介はもっぱらサスペンスドラマ担当の脚本家だ。犬飼とはもう三〇年来のつきあいになる。

犬飼たちの目的は、草生介の離婚理由を探ることにあった。

ＡＰは文字通り、プロデューサーをアシストするのが仕事だ。二人は犬飼の犬として真相を嗅ぎ回るに違いない。

そもそもは夏穂がドラマ資料をバイク便で発送したところ、その住所に誰も住んでいなかったことから始まった。

何か怪しいと報告を受けた犬飼が、早速、「なんかあったのか？」と探ってきたので、草生介は引っ越したことだけを伝えていたが、不動産サイトでマンションが売りに出されているのを夏穂が見つけ、結婚指輪をしていないことに明菜が気づき、さらに犬飼が「別れたんだってな」とカマをかけてきた時に、草生介が黙秘したことで、三人は離婚と断定したようだ。

今日はどうしても本人の口から真相を聞こうとやってきたのだ。


「孤独死してないか生存確認に来たぞ」と犬飼が赤ワインを差し出した。

「ご無沙汰してまーす」と夏穂が微笑《ほほえ》み、明菜は、「これお土産です」と紙袋を渡した。

犬飼は一瞬、上目遣いで草生介を見やって上がり込み、二匹の警察犬は一人暮らしの侘《わび》しい痕跡を嗅ぎ回った。

犬飼は最近、どんどんおばさん化している。人の私生活を詮索するのが大好きだ。

しかし、残念ながら話の種になりそうなもの、例えば女性の気配のようなものは一切ない。

そもそもここに人が来たのが初めてなのだ。

結婚していた頃も人を家に招いたことはなかったし、実家も人が集まるような家庭ではなかった。

「随分、キレイにしてますね」と夏穂が感心している。

「家事代行サービス、使ってるんですか？」と明菜が戸棚を開け、きれいに並んだ食器と草生介を交互に見ながら言ったので、「いや、小まめにやってるだけだよ」と当然のように答えると、「がっかりだよ」と犬飼が言った。

そして、身振り手振りよろしく、「もっと、足の踏み場もないほどゴミが散乱して、流しには汚れた食器が山のように積み上げられ、そこからウジムシがわき、蛇口から水がポタポタと落ちている落ちぶれた生活を期待してたのに、なんだよ、リモコンも大きい順に並べやがって」とかましてきた。

それに関しては草生介自身も不思議だった。結婚している間は、家事などしたことがなかったからだ。

最近はコロコロ沼にハマっている。部屋中を粘着クリーナーでコロコロして回り、髪の毛や細かいゴミがびっしり付着すると嬉しくなる。

山菜採りでキノコ眼が鍛えられるように、抜け落ちた毛を見つけるのが得意になった。

それとシュレッダーにもハマっている。

アマゾンで誤ってオフィス用を注文してしまった。一度に三〇枚まとめて裁断できるやつだ。ドラマの資料以外にも、マンションタイプの納骨堂を買いませんかとか、八〇歳からでも加入ＯＫの生命保険とか、そんなダイレクトメールを八つ裂きにしていく。ずたずたになる時の音に快感をおぼえた。

頻繁に洗濯もするようになった。ある俳優が「匂いがいいから使っている」とテレビで言っていた海外の洗剤を取り寄せている。実際に、街で女性とすれ違った直後、「いい匂い」と声が聞こえた。それ以来、洗濯機に多めに注ぐようになった。

ゴミ分別も、ペットボトルのラベルを剝がし、キャップと別々に捨てるのは当たり前で、ゴミ置き場に集積されたゴミの山が崩れそうな時は他人のゴミも整頓をする。

「さっきから随分、美味しそうな匂いがするな」と犬飼は鼻をくんくんさせた。

「えっ、まさか手料理ですか？」と明菜がわかりやすくびっくりしたような声をあげる。

「適当に飲んでて、すぐ鍋の用意するから」と草生介はキッチンに戻った。

草生介は土鍋の蓋を開け、豆腐、タラ、ニラを入れて、最後の仕上げに取り掛かった。

最近、料理の腕がメキメキ上がっている。

この間、ついにカルボナーラの美味しいレシピを会得した。

手順はこうだ。パスタを茹でている間に、フライパンにオリーブオイルを引き、刻んだニンニクを炒める。炒めすぎるとあっという間に焦げるので、程よいところで皿によける。大きめに切ったベーコンを入れ、塩、胡椒《こしょう》を振る。ベーコンに塩分があるので塩は少なめ。そこに炒めたニンニクを戻す。

ここで、茹で上がったパスタを入れ、程よく絡める。

仕上げに卵の黄身と少量の牛乳と粉チーズを合わせたソースを投入するのだが、一度、フライパンを火から外し、「米津玄師」と一〇回言いながら余熱を逃がし、冷めたなと思ったあたりでソースを入れ絡めてゆく。

この絶妙なタイミングが、パスタに卵黄がねっとり絡みついたカルボナーラを生み出すのだ。卵黄のねっとりさが決め手のカルボナーラは、イタリア人にとっての卵かけご飯みたいなものだという発見もあった。

土鍋の蓋を取ると、湯気に出迎えられ、グツグツと美味しそうな音を立てたキムチ鍋が姿を現した。三人は思わず、「おーっ」と歓声をあげた。

「韓国人の彼女でもできたんじゃないのか？　韓国語で彼女って何て言うんだ？」

「ヨジャチングです」と韓国ドラマにハマっている明菜がすかさず言った。

三人は顔中に汗をかき、ひーひー言いながら食べた。

キムチ鍋は好評だった。草生介の手料理という意外性のスパイスも美味しさを引き立てたようだ。

「美味しかったーっ」と明菜は箸を置き、手を合わせた。

夏穂はベルトを緩めすっかりくつろいでいる。

お腹が満たされた後は、それぞれが好みの酒を好みの飲み方でやり始めた。

草生介はワインを飲みながら、久しぶりに人と話したことに気づいた。

犬飼たち三人の話題はもっぱらドラマのことだった。

相変わらず事件モノ、医療モノが幅を利かせているとか、最近、視聴率より、見逃し配信で何回視聴されたかが大事だとか、犯人探しがネットで盛り上がる考察系ドラマの企画書ばかり書いているとか、韓国ドラマに差を付けられっぱなし、とかだった。

草生介はどの話題にも興味がわかず、ただぼんやりとしていた。

すると犬飼が、「あの話、考えてくれたか?」と聞いてきた。

あの話、とはドラマの脚本の依頼だった。少し前に、女性検事ドラマの新シリーズを書かないかと誘われていたのだ。以前なら即座に引き受けるところだが、草生介は「おう、もう少し考えて返事する」と明るく言った。

犬飼は一瞬意外そうな顔をした後、話題を変えた。

「にしても、あれだな……」と犬飼は妙な間を作り、「まさか草生介が離婚するとはな……」

としみじみとした口調で言った。

来た、来た、今日の本題だ。三人はこの話をしたかったのだ。

「そうですよ、今回だって、バイク便が戻ってきて、あれ？　ってことになって、わかったんですから」

「別に隠していたわけじゃないよ」

「いや、お前は、昔から自分のことを話したがらない男だ」

「そうそう」と夏穂と明菜が合いの手を入れた。

「自分の離婚、話したがる方が変だろ」

犬飼が目で何か合図を送った。

「あのー、立ち入ったこと聞いていいですか？」と明菜が神妙な声で言った。

「なに？」

「うちの両親、離婚しそうなんですよ。参考までに、離婚の原因、教えていただけますか？」

この台詞《せりふ》は犬飼が考えたものだろう。興味本位で聞くのではなく、あくまでも参考にしたいという手口を使ってきた。

犬飼が身を乗り出し、「なんかバレたのか?」と聞いた。

「何もバレてないし、バレるようなことしてないから」

「なに?　奥さんが原因?」

「それも違う」

「じゃあ、どっちが離婚を切り出したんだよーっ?」と幼稚な声で言った。

「まあ、卒婚みたいなものかな」と言うと、犬飼はそんな言葉で納得するものか!　という顔を見せた。

さらに収穫を得るまで諦めないワイドショーのリポーターのように、「慰謝料、払ったのか?」と詰め寄ってきた。

「あのさ、慰謝料っていうのは、こっちに非がある時に払うモノで、俺の場合は財産分与なの」

「いくら取られたんだ?」と言い間違いを訂正することなく、身を乗り出した。

「月島のマンションだよ……」

「えーっ、取られたの?」と三人は仰《の》け反《ぞ》り、同情した後、嬉しそうに顔を見合わせた。

「それで引っ越したんですねー」と明菜は謎が解けたように言い、夏穂は大きく頷《うなず》いた。

「あのマンション、繰り上げ返済したばかりだろ」

「よく応じましたね、私だったら裁判するけどな」

妻がマンションを欲しいと言ってきた時、草生介は「いいよ」と口約束をした。

どうせ、離婚は妻の気まぐれで、すぐに撤回するだろうとたかを括《くく》っていたからだ。

しかし、妻は公正証書を用意した。


甲（草生介）は乙（妻）に対し、本件離婚に伴う財産分与として、次の不動産を譲渡することとし、同不動産について、財産分与を登記原因として、所有権移転登記手続きをする。

登記手続きに要する費用は、甲（草生介）の負担とする。


草生介は敗戦国の大使のようにサインをした。

唯一、抵抗したことといえば司法書士が差し出したボールペンを拒否し、愛用の万年筆でしたことくらいだった。そんな時に限って驚くほど拙筆だった。

実はこの後、さらに驚くことが起きた。

娘からのラインで知ったのだが、妻はすぐにマンションを売りに出したのだ。

いきなり離婚を突きつけ、思い出が詰まった我が家を手放すまでの流れるような妻の行動に、草生介は大いに傷ついた。

三人はそれなりに収穫があったようで、草生介を気遣う様子を見せながらも、満足気な表情を浮かべていた。

草生介はトイレに立ち、その後、ベランダに出て夜風に当たった。

明菜が韓国アイドルについて力説する声が聞こえた。おばさんと化した犬飼と盛り上がっている。

ふと、ガラス窓に目をやると少し疲れた自分が映っていた。

草生介がその顔に微笑みかけると、窓に映る自分も笑い返した。

三人には「卒婚のようなものだ」と言ったがそれも違う気がした。

言葉を扱う仕事なのに理由を言葉にするのは難しいことだと、離婚して気づいた。

妻が離婚を切り出したのは東京オリンピックの延期が発表された頃だった。

オリンピック反対派のように中止・撤回に追い込もうとしたが、妻の気持ちは組織委員会のように変わらなかった。

草生介は渋々、離婚届にサインをした。この時は驚くほど達筆だった。

しかし、素直に応じたのが抑止力となったのか、少しの間、離婚届は引き出しの奥に入ったままだった。きっと、妻は迷っている。ならば、核兵器を保有したまま夫婦関係を続ければいい、そう思いたかったが、その直後、離婚届は提出された。

七月五日。アメリカ独立記念日の翌日、妻は夫婦生活から独立した。

世界中がステイホームの最中、草生介は家を出た。

「さあ、飲むぞ」

草生介はそう言い、戸棚に仕舞っておいたウィスキーを振る舞った。

犬飼はオンザロックをチビチビ飲みながら、「で、浮いた話とかないのか?」とまだ食らいついてきた。

「あるよ」

三人は一斉に草生介の顔を見た。

「ある日さ、西岡多摩美って人から着信があったんだ」

「マジですか?」

「そんでそんで?」

「なんだよ、やることやってるんじゃないの」と犬飼はねっとりした声をあげた。

画面の名前に覚えがなかったので、出ようか逡巡《しゅんじゅん》していると切れてしまった。

はて、誰だろう？　仕事関係？　とあれこれ考えたが思い出せなかった。

「名前が表示されたってことは、登録したってことだろう？」

「それが覚えてないんだ、登録したこと」

「一晩だけの関係だったとかですか？」

「ひえーっ、聞きたい聞きたい」

「きっと誤作動したんだろう。でも、俺も独身だしさ、もしかしたら何か始まるかもしれないって思って、覚悟を決めてかけたんだ」

草生介はスマホのボタンを押す真似をした。

「呼び出し音が、一回、二回、三回、四回、五回目に……つながった」

三人は揃って息を呑んだ。

犬飼のグラスはさっきから口の前で止まったままだ。

「でも、出たのは男だったんだ」

「え、どういうこと？」

「着信があったことを告げると、男は『久しぶり、個展以来かな』って言うんだ」

「そいつは、西岡多摩美の男か？」

「いや、本人だった」

三人が首を傾げたので説明した。

「画廊のオーナーが犯人のドラマを書いた時、美術監修をしてくれたのが多摩美術大学の西岡教授だったんだ。その時、西岡多摩美って登録しちゃったんだよね」

明菜は、「全然、面白くないです……」とグラスの氷をガリガリとかじった。

今夜はもうこれ以上、収穫はなさそうだと悟ったのか、「そろそろ帰るか」と犬飼が言うと、それぞれ帰り支度を始めた。

一応、締めの麺か雑炊の用意があることを夏穂に伝えてみたが、「もう入りません」とお腹をさすったので、それ以上は勧めなかった。

明菜が後片付けをしようとしたので、「いいって！　彼女にやらせるから」と冗談を言ったが、まったくウケなかった。

「元気そうでよかったです」

「今日は楽しかったです」

「また、来るよ」

三人の月並みな別れの挨拶を笑顔で受け止めた。

一人になって気づいたことがある。

それは、淋しい人は人前で淋しい顔は見せない、ということだった。

草生介は、さてどこから手をつけようかと散らかったままの部屋を見渡した。

ゴミ箱を並べ、空き缶、空きボトル、可燃ゴミ、不燃ゴミを仕分けして捨てる。

皿の食べ残しは、一旦、大皿に集め、まとめて生ゴミ用の袋に詰め込んだ。

大体のゴミを片付けた後、洗い物を始めた。

すべての食器を拭き、戸棚に仕舞い終えた後、草生介はコーヒーを飲みながら、犬飼の企画書に目を通した。

今回で一〇回目のシリーズを迎える法廷ドラマだ。女性検事が権力を振りかざす悪に立ち向かい、社会的弱者を救うという勧善懲悪モノだ。

草生介はこれまで仕事を断ったことがなかった。脚本家を長く続けるコツは選《え》り好みしないことだ。

しかし、今回はどうもやる気が起きない。

草生介が今書きたいのはホームドラマだった。

三〇年間のキャリアの中、ホームドラマは一本も書いたことがなかった。

気がつけば、いつの間にかドラマ界からホームドラマは消滅していた。

まあ、人気の脚本家がホームドラマを書きたいと言えば、企画が通る可能性は大だが、草生介には知名度も代表作もなかった。

それでも諦めきれないのは、中学の時に観たホームドラマが忘れられなかったからだ。

一つ屋根の下で家族は明るく暮らしているが、一人一人何かしら心に秘めるものがあり、それが見え隠れする。

善悪では割り切れない人間の業、家族が織りなす複雑な人間模様に思春期の心は疼《うず》いた。

それは覗《のぞ》いてはいけない大人の世界に触れるような感覚だった。

静まり返った茶の間で父親は新聞紙を広げて足の爪を切っている。その脇を母親が通った時、「痛っ」と声をあげる。畳に飛んだ爪を踏んでしまったのだ。

母親は爪を取り、「男の爪は硬いから……」と呟いた。

見てはいけない表情を見た気がした。ゾクゾクする怖さと美しさを感じた。

脚本家という仕事を意識した時、当たり前のことに気づいた。

家族の会話は、みんなが勝手に話しているのではなく、脚本家が書いているのだ。

そのドラマの脚本家は向田邦子とあった。

以来、向田作品を追いかけた。ドラマ、小説、エッセイにのめり込んだ。

なんであんなに自然な台詞を書けるんだろう。どうひっくり返ってもあのレベルのものは書けない。脚本家になってもいないのに敗北感をおぼえた。

草生介がもしホームドラマだけを書いていたら、今頃、名手と呼ばれるようになっていただろうか。いや才能がないことを思い知り、とっとと廃業していたに違いない。

家族がいる頃は、心の奥の方にしまっておいた願望だったが、人生のほろ苦さを味わった今だからこそ書ける気がする。

ホームドラマへの憧憬がむくむくと頭をもたげていた。

やっぱり今書くべきはホームドラマだ。

犬飼には悪いが女性検事シリーズの依頼は断ろう。

翌日、草生介は散歩がてら夕飯の買い物に出かけた。

マイバッグを持って近所のスーパーに行く。

行けば軽く挨拶を交わす顔馴染《なじ》みの店員もできたし、ポイントカードも作った。

マンションのエントランスを通ると、老婦人が管理人を相手に話し込んでいた。またいるな。

きっと一人暮らしをしていて、話す相手が誰もいないのだろう。

この手の老婦人は一度話し相手になろうものなら、会う度に声をかけてくるに違いない。

草生介は笑顔で会釈し足早に通り過ぎた。

それにしてもあの老婦人はそこまでして話したいものなのか。草生介は好きなドラマを長時間観ていたら、その日、誰とも話さないことだってある。

この頃は、夕方辺りから一杯やり出し、「もう一杯飲む?」と自分に話しかけ、「いいね」と自分で答えている。


風呂にでも入ろうと立ち上がった時、スマホが震えた。

画面の名前を見て息を呑んだ。

ドラマプロデューサーの奈木《なぎ》睦子《むつこ》だったからだ。

確か、彼女がまだアシスタントプロデューサーの頃、ドラマで一緒だったことがある。奈木は新人の頃から誰も観たことのないドラマを作りたいと言い続けていた。その度に、自分の脚本を否定されているような気がした。

その後、奈木はプロデューサーになり、数々のヒットドラマを世に送り出した。最近、局を辞めフリーで活躍している。

そんな売れっ子が俺になんの用があるんだ。

電話に出ようとしてスマホに手を伸ばした時、切れた。

「あ……」

きっとスマホが誤作動したんだろう。折り返しても「えっ、かけてませんよ」なんて言われるのがおちだ。

するとまたスマホが鳴った。

出るべきか無視するべきか。

スマホは鳴り続けた。

草生介は言葉を発さずに出ることにした。

「…………」

スマホから、いかにも毎日が充実していますといった感じのハツラツとした声が聞こえた。

「ご無沙汰してます。奈木です」

「ああ、久しぶり」

「一度電話したんですけど、もう遅いからって切っちゃって、でも、やっぱりかけちゃいました」

「ああ、そう、着信あったもんね」

ここは奈木の活躍ぶりを褒めた方がいいのか、そんなことには一切触れない方が……、と躊《ちゅう》躇《ちょ》していると、「かけ直しましょうか」と切られそうになったので、「大丈夫！　今、ちょうど、一段落したところだから」と慌てて言った。

奈木は、「この先のスケジュールって、もう埋まってますか？」と聞いてきた。

「うーん、ちょっと待って……」

もしかして別の脚本家と勘違いしていないだろうか。急に不安になった。

「でも、よく覚えていたね、僕の携帯番号」

「三林草生介さんでちゃんと登録させてもらってます」

間違っていなかった。奈木は自分に用があってかけてきたのだ。

側にあった週刊誌でページを捲《めく》る音を大袈裟に立てた。

「依頼はいくつかあるけど……、まあ、んー、それはそんなに忙しくはないかな……」

スケジュールを聞いてきたってことはドラマの依頼なのか。いや待て、ここで糠《ぬか》喜びしては恥をかくことになる。

草生介が何か言おうと考えていると、

「草生介さんって、御園連太郎《おそのれんたろう》に興味あります？」

「えっ、御園ってあの映画監督の？」

御園連太郎は、鋭い人間考察とリアルな演出が持ち味で、どの作品も痛快無比に面白い第一線の映画監督だ。日本だけではなく海外の評価も高い。

「監督の作品ご覧になったことあります？」

草生介は御園連太郎のデビュー作に衝撃を受けていた。自分と同世代の人間がここまで鋭い作品を撮るのかとすぐにファンになり、以来すべての作品を観ていた。

草生介にとって憧れの監督だった。

「……何本か観たことはあるけど」

「さすがです」

「まあ、脚本家だからね」

御園監督がどうした？　早く用件を聞きたい。

「まだ詳しくは言えないんですけど、今度、ネットマックスで単発ドラマを一本撮るんです」

ネットマックスといえば今、配信系メディアの最大手だ。

勝手に心臓が早鐘を打っている。

「御園監督なら当然かもね。ネットマックスも声をかけるのが、遅いくらいじゃないの」

「ですよね」

早く本題に入ってくれ。

「それは楽しみだね。うん、楽しみ……」

その時奈木が割り込んだ。

「その脚本を草生介さんにお願いしたかったんですけど……」

心拍数が一気に跳ね上がり口から臓器が飛び出しそうだ。

「監督は、ホームドラマを撮りたいって言ってるんです」

「そうなの！」と思わず声が裏返った。

「すみません、私、なんか、好き勝手なこと言ってますよね」

「いやいやいやいや、そんなことはないよ」

草生介は、帰ろうとした客を引き止める店員のように慌て、やっと捻《ひね》り出した言葉が、「なんか、今夜は蒸し暑いね」だった。

三〇年間、待ち望んだホームドラマだ。しかも、監督が御園連太郎、夢のような組み合わせだ。これは創造の神が自分に与えた最大のチャンスだ。

「でも、お忙しいですよね……」

草生介は少し間を置き、「奈木との関係もあるし、ほら、仕事を断らない主義だからね」とさりげなく答えた。

「本当ですか？」

奈木は弾んだ声でそう言い、「考えていただけるんですか」とさらに弾んだ声で言った。

考えるもなにもずっとこんな依頼を待っていたんだ。とてつもないことが起こりそうだ。

御園連太郎が監督する現場はどうなっているのか、その制作過程を覗いてみたい。

「いい役者が揃うといいね」

「実は、主演が、竹之内薫、大桃明日香ってとこまでは決まっていて……」

主役の名前を聞いた時、思わず声をあげそうになった。

どちらも脚本家ならば誰でも一度は仕事をしてみたい実力と実績を兼ね備えた人気俳優だ。

「二人が合うスケジュールなんてあるのかい」

確か、竹之内は連ドラの真っ最中だし、大桃は来年の大河ドラマの主役に抜擢され、もう撮影は始まっているはずだ。

「御園連太郎が監督するのであれば、スケジュールを空けると言ってくれまして」

やはり豊洲に日本中のいい魚が集まるように、いい監督の元にいい役者は集まるのだ。

「どこまでお役に立てるかはわからないけど、やってみるよ」

「ありがとうございます！」

一流のエンターテイメントは創造の神が支配する聖地の城で創られている。その城壁は分厚い門で閉ざされている。

草生介はその外で城壁を見上げるだけの脚本家だった。

しかし、今、分厚い門は開かれようとしている。

駆け出しの頃、スタジオの前を通ると人気ドラマの撮影が行われていた。あの扉の向こうでドラマが作られている。扉から漏れるライトは希望の光に見えた。いつかあの扉の向こうに行ける脚本家になろうと夢見た日を思い出した。

少し間が空き奈木は言った。

「実は、あまり時間がなくて……」

「時間って？」

「ネットマックス側が一度、脚本を読みたいと言っておりまして」

いくら監督が御園連太郎でも、どんな脚本になるのかを知りたいのは理解できた。

通常、脚本家へのオファーは半年以上前に来るものだ。人気脚本家になれば一年、二年前にスケジュールを押さえられたりもする。そこからたっぷり時間をかけてドラマの方向を決めていく。

「まあ、そうだろうね。で、いつまでにあればいいの？」

「それが三カ月後でして……」

「はっ？」

草生介の驚き方が奈木の予想以上だったためか、奈木はこれまでの経緯を丁寧に話し出した。

名前は出さなかったが、やっと見つかった脚本家が、御園連太郎の細かすぎる要求に音を上げて降板してしまったという。

その後、御園連太郎自ら、一からプロットを書き直したものの、今度は自分の書いたプロットに納得できず行き詰まってしまったらしい。

「とりあえずネットマックスが中身に納得しなければ、いくら御園連太郎でも、この企画、流れちゃうかもしれないんです」

草生介に声をかける前にそれなりに売れている脚本家に打診していたという。しかし中身を話すとことごとく断られたという。

「今の若い脚本家って、挑戦したがらないんですよ。御園連太郎と仕事できるんですよ、私だったら絶対このチャンスものにするけどな」と嘆息した後、「その点、仕事を断らないと断言される草生介さんは凄いです」と言った。

そういうことだったのか。

「まあ、新しいことに挑戦するのは我々の世代の特徴だよ」

「尊敬します」

「確認だけど、御園監督は本当にホームドラマを撮りたいって言ったのか？」

「それは確かです」

奈木は、そこは自信を持って返答した。

「企画書があれば送ってくれないか」

「それが……」と奈木は口籠もった。

「御園監督が書いたプロットでもいい、中身を知りたいんだ」

「中身に関しては監督自身が説明したいと言っていて、私からは言えないんです。すみません」

「脚本家に中身を言わないなんて、そんな話、おかしいだろ」

「ですから」

「だからさ」

押し問答があった後、奈木はすがるように言った。

「このタイミングを逃すと、この作品作るチャンス、一生なくなるんです」

「……わかった、奈木の言う通りにするよ」

「本当ですか、ありがとうございます」

「それにしても御園監督は、なんで僕を指名してきたんだろうね」

草生介がそう言うと、奈木は黙ってしまった。

「もしもし……」

もしかして……。

「ここ最近、監督、私の電話に出てくれないんです。なんか脚本家が決まらないからご立腹みたいで。でも、草生介さんがやってくれるって言ったら喜ぶと思います」

「あ、いや、でも……」

あの御園が、見も知らぬ脚本家を採用するわけがない。

草生介が躊躇しているのを察したのか、奈木はありとあらゆる言葉を捲《まく》し立てた。

「そりゃあ、草生介さんのお名前は知らないかもしれないけど、お会いすれば納得しますって」

「………」

「そりゃあ、三カ月で脚本を書けなんてありえないスケジュールですけど……」

奈木が「そりゃあ」を連呼する度、草生介は切なくなったが、最後は、「わかった、とにかくうまく伝えてくれ」と引き受けてしまった。

「そりゃあ、相手は御園連太郎ですけど、私に任せてください、必ず説得します」

創造の神が住む城の門が開いたかに見えたが、まだ門番がこの男を招き入れていいかと、主人に聞きに行ったところだった。


その夜、奈木から御園連太郎がすぐに会いたがっていると連絡があった。

どうやら門前払いはされなかったようだ。

打ち合わせは翌日夜八時、恵比寿のホテルで行われることになった。

監督は草生介さんにお会いすることを楽しみにしています、とメールに書いてあった。

早めにベッドに入ったが、なかなか寝付けない。

布団に潜り、スマホで奈木を検索してみた。「ドラマを変える期待のプロデューサー」と彼女を絶賛する見出しがいくつも並んでいる。なぜか自分のことのように誇らしかった。

深夜ラジオでハガキを読まれた中学生のように布団の中でほくそ笑んだが、その後、御園は自分を気に入ってくれるだろうか、という不安な気持ちが襲ってきた。

その晩、何度もうなされた。

玉座に座り閻魔《えんま》様のような装束を着た御園が、「お前は、ホームドラマをどう考えているんだ」と厳しい口調で詰め寄ってくる。

粗末な囚人服を着せられた草生介は答えようとするが、猿ぐつわをかまされ、あーとかうーとしか言えない。

草生介は恐怖で目を開けた。

カーテンから漏れる青白い光が今日の始まりを告げた。あっという間に運命の朝がやってきた。

寝ぼけ眼《まなこ》でテレビを観ていると、今日の運勢占いが始まったが、とっさにチャンネルを変えた。テレビの占いごときに運命を決められたくなかった。

草生介はパジャマの端でメガネのレンズを磨きながら、心の準備が何もできていないことに焦っていた。

どんなに優秀な監督がいても、いい脚本がなければマスターピースは絶対に生まれない。その心の準備ができていないのだ。

心を落ち着けようと、草生介は向田邦子のドラマのＤＶＤを再生した。


冬の寒い朝、四人姉妹の三女が職場から次女に電話をするところからドラマは始まる。

「ちょっとね、話があるのよ」

受話器の向こうは家族の朝の風景だ。食事中の次女が口をモグモグさせ受話器を持っている。夫は新聞を読みながら朝食を取り、子どもたちは登校の支度で慌ただしい。

次女は三女を待たせたまま子どもたちを急きたてている。

三女はぼんやりした表情で白く曇ったガラスに「父」と書く。何度もなぞっている内に父という字がどんどん太くなる。

何も語らず、三女の話は父のことだとわかる。

このさりげないシーンが上手いのだ。

脚本家は、「よかった」「感動した」という賛辞より、「上手い」と言われる方が嬉しい。

このホームドラマには「上手い」がたくさん詰まっている。上手いの詰め合わせのような脚本だ。

草生介は怖くなった。自分にこんな脚本など書けるのか。

こんなホームドラマを書きたかった、その夢が今、叶《かな》おうとしているのに。

夢は叶いそうになると恐怖に変わることを知った。

草生介はこれまで新しいことにチャレンジしてこなかった。

草生介が書いてきたのは、もっぱら二時間サスペンスドラマだった。

タイトルに刑事《デカ》が付くものや、観光地を舞台にしたドラマを数多く作ってきた。

ラストで犯人が崖っぷちに立ち、荒波に向かってなぜ犯行に及んだのかを告白する。それがお決まりのウケるパターンだった。

犯人が告白するのが崖ばかりなので、一度、山の頂上で告白するシーンを書いたが、主演俳優から虫が多そうで嫌だとクレームがつき、すぐに書き直した。

チャレンジといえばそれくらいだった。

急に逃げ出したくなってきた。

自分は御園にどんなことを提案されても、決して否定せず従おう。

最低でもイエス、最高でもイエスだ。

忖度《そんたく》することばかり考えていたら、あっという間に時間は過ぎ、日も傾き始めた。

急に眠気が襲ってきた。少しだけ仮眠をとろうとソファーで目を閉じた。

目が覚めた時には、約束の時間まで四〇分を切っていた。

ジャージを脱ぎ、パンツ一枚で右往左往する。シャワーを浴びようと浴室に飛び込んだが、時間がないので引き返す。とりあえずベルトのあるズボンをはき、襟のあるシャツを羽織り、鞄に筆記用具を詰め込んだ。忘れ物はないなと指差し確認し、久しぶりに革靴をつっかけて家を出た。

千駄ヶ谷から恵比寿まで、車で行けば十分に間に合う、とタクシーに乗った時、老眼鏡を忘れたことに気づいた。もし資料を渡されたとしても読めない。あ、名刺も忘れた。いろいろなどうしようが脳内を駆け巡った。

額をガラス窓に押しつけて、流れる街並みを虚ろな瞳で眺めていると、ふと、ドラマのいい設定が浮かんだ。

これはいい！　と忘れぬ内に書き留めようと鞄をまさぐっていると、運転手が話しかけてきた。

「車内の温度はいかがですか?」

返事をした瞬間に、何を思いついたのかを忘れてしまった。

なんだっけ、思い出そうとしたが手がかりがない。記憶さえ味方してくれない。

覚えているのは、思いついた時、西麻布の交差点を右折したことくらいだ。


ホテルに着いたのは約束の五分前だった。間に合った。

余裕ができると空腹が襲ってきた。昼以降、何も口にしていない。

時計を見ると、あと三分、ダメだ。

ドアが開き、奈木が笑顔で迎えてくれた。

久しぶりに会った奈木はショートカットで、髪の色と同じ黒いワンピースで赤いハイヒールを履いている。業界モノのドラマに登場するような、できるプロデューサーの風格に満ちていた。

奈木は草生介に何度も感謝の言葉を並べた。

「まだ監督に気に入られたわけじゃないからな」

草生介はわざとドアの向こうにいる御園連太郎に聞こえるように言った。

「すみません、監督、まだなんです。少し遅れていて」

「あ、そう」

やはり小物は大物より早く来るよう定められているのだ。

通された部屋はスイートルームだった。絨毯《じゅうたん》とカーテンが濃いブルーで統一されていた。二人掛けのソファーの向かいに一人掛けの椅子がある。

草生介が二人掛けに座ろうとすると、「そこは監督の席なんです」と一人掛けの椅子に誘導された。

草生介はすぐには座らず窓の外を眺めた。

窓からは、オレンジ色に彩られた東京タワーが見えた。

図らずも敵はまだ来ていない、夜景でも見て心を落ち着けよう。

いつの間にか御園は敵になっていた。

奈木はコーヒーを草生介に渡した。淹《い》れたての味がした。

二人は御園を待ちながら、思い出話を始めた。

知り合ったのは、奈木が二時間サスペンスのAPをしていた頃だ。

奈木はとても気の付くスタッフだった。サスペンスドラマは地方のロケが多く、その時の役者への気遣いが素晴らしかった。毎回、おにぎりとゆで卵を持参し、その日、撮影が大変だった役者に配っている姿をよく見かけた。

また役者同士が会食をすると言えば、個室がある店を手配した。当然、役者からの評判はよかった。

現場のノウハウを学ぶＡＰ時代を経て、三〇歳の時にプロデューサーになった。

ＡＰの仕事もきついが、プロデューサーは予算管理から脚本作りまで責任を負うので大変さが違う。

元々、原作モノではなく、オリジナルでドラマをやりたかった奈木はプロデューサーになると、同世代の勢いのある脚本家とタッグを組み、数々の話題作を作った。

局を辞めてフリーのプロデューサーになったのは、二年前のことだった。

ここ最近、配信系のメディアが台頭したことで、今なら自分のやりたいドラマが作れると、局員という肩書きを捨て清水の舞台からダイブしたと知人から聞いていた。

「御園監督とは知り合いだったの？」

「監督って、ウチの大学の映研のＯＢなんです。それでツテのツテのツテを使って」

ほぼ縁がないに等しいのにそこから道を切り拓くところが奈木らしい。

「今回の企画は？」

「私が考えました。御園監督に見せたら、面白いってことになって」

企画書がネットマックスの目に留まり、今回の運びになったという。

「奈木の企画なら、中身を話してくれてもいいだろ」

奈木は苦笑しながら、「ダメですって」と言い、「これもプロデュースの一つなんです」と意味深なことを言った。

やはりできるプロデューサーは考えることも違う。草生介より二〇も年下なのに自分より大人に見えた。


奈木は数々の賞に輝く優秀なプロデューサーではあったが、高視聴率をマークするドラマを作っていたわけではなかった。テレビはリアルタイムでどれだけ観てもらえたのかが評価の指標になる。若い世代やドラマ好きに人気なだけでは視聴率は伸びない。この指標軸が変わらない限り、自分がやりたいドラマという理想と視聴率という現実との間で葛藤しなければならない。それに疲れてしまい、局を辞めたという。

草生介はコーヒーを、ゆっくり時間をかけて飲んだ。すでに三〇分は経過している。

ドアチャイムが鳴った。奈木の顔がパッと明るくなり立ち上がった。

「来たかな」と奈木がドアへ走った。

やっと現れたか。草生介は背もたれから離れ、背筋を伸ばして座った。

やってきたのはワゴンを押したボーイだった。

「ルームサービスでした。あ、草生介さん、食事、済ませてきちゃいました？」

「いや……」

「もしよかったら先食べちゃってください、ここのローストビーフ丼、美味しいんですよ」

ラップされた丼を覗くと、白飯を覆い隠すように赤肉が白波のように並んでいた。草生介は逡巡したが、さすがに御園ももう来るだろうと、箸をつけるのをやめた。

「御園監督ってどんな人？」

「見かけと違って、気さくなオジサンです」

「あ、そう」

意外だった。全身から威厳を放ち、気安く話しかけるのもはばかられるような存在だと思っていた。

「僕のことは、なんか言ってた？」

「言ってましたよ」と言いかけたところでまたドアチャイムが鳴った。

続きを言わず、「あ、来たかな」と奈木が消えた。

代わりに白いワイシャツに黒いジャケットを羽織った大きな男がのそっと現れた。

無造作な長めの髪、口の周りには白髪の交じった髭、そして薄いブルーのサングラスをしている。

まさしく御園連太郎だ。

奈木の話を聞いたせいか、よく見るとレンズの奥の瞳は愛くるしい。

御園は頭をかきながら、「いやいや、お待たせしちゃって」としゃがれた声で言った。

草生介は立ち上がり、「こちらこそ、すみません」と自分が遅刻したような言い方をして頭をこくりと下げた。

御園連太郎はワゴンを覗き込み、ぶつぶつと何か言いながらラップを剝がし、手づかみでローストビーフを一枚口に放り込みモグモグさせた。

草生介の方に歩み寄ったが、また戻り、もう一枚食べ、指を拭いたナプキンをくしゃくしゃにして捨てた。

傍若無人だが、どこか愛嬌もある。

御園はソファーに身を沈め、使い込んだ様子の黒のリュックから革のバインダーとペンケースを取り出した。

それが打ち合わせ開始の合図だった。

「今回はね、是非とも、脚本家である三林さんのお力をお借りしたいんですよ」

「僕も是非、お力になれればと思っています」

「堅いな、堅いよ。もっとフランクに行こうよ」

「あ、はい」

「三林さんは、脚本家をされてどれくらい？」

「三〇年になります」

「大ベテランじゃない」と戯《おど》けてみせた。

どうやら草生介のことを何も知らないらしい。

「三林さんはホームドラマに興味ある？」

「はい」

「我々が子どもの頃、日本にはいいホームドラマがたくさんあったよね」

「そうですね、七〇年代から八〇年代は特にいいホームドラマがありました」

御園はなかなか企画の中身を話そうとしなかった。

「三林さんなら、どんなホームドラマを書いてみたい？」

脚本家への口頭試問の始まりだろうか。

「ホームドラマと言えば、家族がたわいのない日常をユーモラスに繰り広げるイメージがありますが、それだけでは一面的だと思うんです。一見仲がよさそうだけれど、実はそれぞれに秘密を抱えた者同士の集まり。そんな家族の陰影を描きたいです」

「いいね」と御園が大きく相槌を打った。

「いい人間、悪い人間の両極しか出てこない勧善懲悪モノではなく、いい人間にある卑しさ、悪い人間にある優しさが混在しているのがいいホームドラマだと思うんですよ」

草生介はとめどなく話を続けた。その度に、御園は頷いた。

「あと、手垢にまみれたモノは書きたくないです。例えば、犬の遠吠えが聞こえることで、夜更けを表現したり、告白と言えば、体育館の裏といった決まりきったシーンは書きたくないです」

「その通り！」

御園が大きな声を出したので、一瞬、身体がビクッとなったが、草生介はひるまず話を続けた。

「ホームドラマの良し悪しは台詞に表れます。登場人物が纏《まと》っている空気感のようなものと違う台詞を書いてしまうと、急に嘘っぽく見えてしまう。だからしっかりと台詞が立っているような脚本を書きたいです」

「まさしく！　まあ、それは演出側の問題でもあるけどな。視聴者は愚昧《ぐまい》ではない。本物と嘘を嗅ぎ分ける鼻を持っている」

「あ、御園監督の演出がってことではなくて……、とにかく、今の日本にはホームドラマが必要なんです」

「三林さんの言いたいことはわかるよ」

そう言いながら今度は御園が口を開いた。それはやはりこれから作るドラマの具体的な中身ではなく、過去に観たドラマや映画の話だった。口元に白い泡を溜めながらとめどなく話した。その姿は監督というより、ドラマや映画がなによりも好きな少年のようだった。

話は昭和のホームドラマから、邦画、洋画へと飛び、気がついたらサイレント映画の話にまで遡《さかのぼ》っていた。

「ある父親が娘を何者かに殺された。その父親は盲目だったが、犯人をずっと探していた。手がかりは犯人の足音だった。ある日、父親は犯人の足音を聞いた。サイレントだから音は使えない。盲目の父親が足音に気づくシーン、キャメラはどこを映したかわかるか？」と草生介を指差した。

草生介は、なんとなく答えはわかっていたが、腕組みをして首を傾げ、「うーん」と考え込んだ。

「父親の耳のアップを映したんだよ！　映画ってすごいだろ、サイレントだろうが、音を映像で表現できるんだ」と言って豪快に笑った後、「あれ、なんでこんな話をしてるんだっけ？」と我に返った。

草生介は、なんだか馬が合う気がした。

こんな監督の元でドラマを書きたかったと心から思った。

御園という偉大な竜の背に乗ろう、その要求に応え続け、時には凌駕し、振り落とされぬよう頑張ろう。

その時、草生介は忘れていたアイデアを思い出したが、言うのをやめた。

御園から「何かいいアイデアはないかね」と聞かれた時、クロスカウンターのようにすかさず繰り出そうと思った。

「とにかく今、僕は御園監督の演出するホームドラマを是非、観たいです」

「ありがとう」

御園はサングラスを磨きながら草生介を見た。やはり可愛い目をしていた。

「奈木、いい脚本家さんを紹介してくれたね」

「よかった。監督と草生介さん、いい組み合わせだと思ったんです」

おもむろに御園は低い声で語った。

「自分が面白いと思うこと以外はやりたくないんだな。一日は二四時間しかない。それなのに今は観るモノが多すぎる。いくら時間があっても足りない。そんな中、作品を観てもらうには、自分の面白いと感じるものを信じるしかないと思ってね」

「賛成です。是非、監督の面白いことに僕も加えてください」

草生介はキャリアこそ長いが、第一線で活躍する脚本家ではなかった。

例えば、新ドラマが始まる時、テレビ局が出すプレスリリースから草生介の名前が落ちていることは珍しくなかった。紙面の文字数に制限があれば、草生介の経歴より、人気俳優のコメントが優先された。

それは代表作がないからだ。

しかし、今回、組むのは御園だ。奈木もヒットプロデューサーとして知られている。さらに竹之内薫と大桃明日香の主演は決まっているという。

草生介は、これまでにない新しい領域に挑戦した脚本家ということになる。

そしてそれが自分の代表作になる。

いいドラマはいい脚本からしか生まれない。寿司職人が何かのインタビューで、いい舎利《しやり》があってこそ、いい寿司が完成すると言っていた。脚本は舎利なのだ。

自分はいい舎利を握ろうと決心した時、御園は口を開いた。

「実はね、今回の作品はある実在した夫婦のホームドラマなんだ」

モチーフとなる夫婦がいるのか、それなら話が早い。

「三林さんなら誰がいいと思う?」

思い浮かぶ夫婦はたくさんいる。

草生介は、「そうですね」と思案しながら奈木を見たが、途端に目をそらされた。

草生介は何組か挙げたが、御園は黙ったままだった。

そして、草生介が言葉に詰まると、「内田裕也と樹木希林はどうだろう?」と言った。

それはないだろう!

「ホームドラマにはならないでしょ」

草生介がそう言うと御園は急に不機嫌な顔に変わった。

まさか本気で言っているのか。

戸籍上は夫婦だが、確かずっと別居していて「一つ屋根の下」の営みどころではない。

樹木希林は大女優であり、人間としては面白いが、ホームドラマに出てくる母親のイメージではない。

かつて、『寺内貫太郎一家』で寺内きんを演じ、沢田研二のポスターの前で、「ジュリー」と身体を震わせ、主役を食う演技で圧倒的な存在感を見せたが、それは本筋のドラマがあってのことだ。

内田裕也に関しては、理解できない部分が多すぎる。

一度、駆け出しの脚本家の頃、あるドラマ制作会社で見かけたことがある。

打ち合わせをしていると、革ジャンを着た数人の男たちがなだれ込んできた。

その中に革のロングコートを着た親玉のような男がいた。

男はコピー機の前に立ち、「この機械、借ります。よろしく」といきなりコピーを始めた。

それが生で初めて見た内田裕也だった。

裕也とその一団はコピーを終えると、風のように去って行った。

一体、何が起きたのか？　スタッフに尋ねると、映画の脚本をコピーしに来たのだと言う。

なんでもかつてここのコピー機でコピーをした脚本がある映画賞を取ったことから、その縁起担ぎで新作の映画の脚本をコピーしに来たらしい。

いきなり現れ、周囲のことなどおかまいなし。

その光景はまるで悪役が酒場に現れる西部劇のワンシーンのようだった。

それが裕也との出会いで、それ以来、いい印象はなかった。


御園は立ち上がると、ローストビーフを今度は白飯と一緒に食べ出した。

「あの……、監督は本気でおっしゃっているんですか？」

「内田裕也と樹木希林で行きたいんだ。あの二人のホームドラマを作りたいんだ」

御園は口から米粒を飛ばして声を荒らげた。

草生介は絶句した。

「でも、夫婦として破綻していませんか」

「だから面白いんじゃないか」

サングラスの奥の瞳から愛くるしさは消えていた。

奈木が中身を言わなかった訳がやっとわかった。最初の脚本家が降板したのも、この二人では書けないと匙《さじ》を投げたからだろう。

「なんであの二人なんですか？」

「なんで？　三林さん、その質問、気に入らないね。逆になんであの二人じゃダメなのかを聞きたいね」

「それは……」

「だいたい世間はあの二人のこと、どれだけ知ってる？　ワイドショーが取り上げるゴシップだけでわかったつもりでいるんじゃないのかな。おい、お茶くれ」

「あ、はい」

奈木はペットボトルを差し出したが、御園は受け取らずに草生介を睨んでいる。

「この二人だからこそホームドラマにする意義があるんだ」

「……………」

「書くか書かないか、判断は三林さんに任せる。そして、降りるなら、今だ」

草生介にグッと顔を近づけて御園は言った。

草生介は千駄ヶ谷から表参道へ歩いていた。犬飼にランチに誘われたからだ。

一〇月も終わりだというのに暑さが続いている。信号で止まる度に汗が身体中から吹き出す。いつの間にか日本から秋がなくなり、残暑の後に冬が来るようになった。

四季ではない、三季折々の国になろうとしている。

ジャケットを脱ぎ、ワイシャツを脱ぎ、目的地に着く頃にはTシャツ姿、ワキ汗が模様のようになっていた。

犬飼は三浦半島から毎朝直送される美味しい魚を食わす店があると南青山を指定してきた。料亭だが、昼はランチをやっている人気の店だった。

家ではなかなか魚を食する機会がないので嬉しい選択だったが、長い行列ができていた。

店に着いたら電話してと犬飼に言われたので、連絡したがつながらなかった。

草生介は列に並び、今日の日差しと同じくらいヒリヒリする御園とのやりとりを思い出していた。

いくら相手が御園連太郎でも、あの企画には乗れなかった。あの二人ではホームドラマにはならない。第一、草生介が書きたいものではない。

納得できないまま船出しても、途中で行き場を失って座礁するのが関の山だ。

「今ここでお断りします」

そう言い、草生介は御園の元から去った。

思い出しただけで怖くなった。いつの間にか汗が引いていた。


列が少し動いた時、肩を叩かれた。振り向くと犬飼だった。

「先に入っててくれればよかったのに」

「だって……」

「ここは顔パスなんだよ」とそそくさと店内に入って行った。

だいたいテレビ局の人間は、出入り業者である脚本家に対してデリカシーに欠けるところがある。売れている俳優や事務所の人間に対しては、これでもかというくらい手厚い気遣いをするのに。

犬飼は秋の味覚御膳という二番目に高いメニューを二つと生ビールを注文した後、「やる気になってくれたんだ」と草生介の目を見た。

「まあ、シリーズ10まで来ると、誰を検挙していいかわからないけど、頑張るよ」

犬飼は生ビールをグビグビと喉を鳴らして飲み、「はーっ」と息を吐いた後、「これで、草生介も有名脚本家の仲間入りだな」とニンマリしながら言い、「なにより生きる励みになるだろ」と言った。

最後の言葉が引っかかりビールを口に運ぶ手が止まった。

「あの日の帰り道、話したんだ。草生介をなんとか元気づけなきゃって。夏穂も明菜も心配してたぞ、草生介さん、淋しそうだって」

「………」

淋しそうに見えたのか。

自分では隠し通せたと思っていたが、もろにバレていた。

「あ、ちょっ、ごめん、主演の事務所の社長からだ」と、犬飼はスマホを持って席を立った。

入れ替わるように隣の席に三〇代くらいの女性と男性が座った。

女性は迷わず鯖の塩焼き定食を頼んだ。

そうか、サバ塩があったのか、そっちの方が断然、よかった。

「じゃあ、僕もそれで」

「じゃあ、僕も、ってそういう主体性がないのよくないよ」

「すみません」

「もう、なんでも謝るなって」

「す……」

どう見ても女性の方が先輩で、男性が後輩のようだ。

これから半年かけてドラマの執筆を行う。

一〇話分の脚本を人気シリーズを支える歯車として書き続けるのだ。

人気シリーズだけあって、しっかりとしたフォーマットもできている。

それに沿って台詞を書いていけば大外しすることはない。

ヒットドラマの脚本家ともなれば少しは有名になるだろう。

「それって楽しい？」

「えっ？」

隣の女性の言葉に思わず反応してしまった。

「楽しいっていうより、仕事なんで……」と後輩の男は答えた。

「誰かが実証したエビデンスをなぞるのって、そんなの実験じゃないと思うけど」

「そうですけど……」

「研究者として結果が見えていることなんて楽しい？　私だったら嫌だな。白昼に歩いて見える景色なんて退屈。そうじゃなくて月明かりを頼りに、先に断崖絶壁が待っているかもしれない未知の領域を進むのが研究者の仕事じゃないの？」

「……………」

男性が言葉に詰まっているところで、鯖の塩焼きが来た。よく脂が乗っているのだろう。草生介の席まで、美味《うま》そうな香ばしい匂いがしてきた。先輩の女性は手を合わせた後、切り身にカットレモンを力一杯搾った。

ご飯に鯖をのせ頬張った。食べっぷりを見て、やっぱりこっちにするべきだったと後悔した。後輩の男は黙ったまま箸をつけずにいた。

「やっと配信の件もオッケー出たよ」と犬飼が戻ってきた。

「配信？」

「あ、言ってなかったっけ？」

今回のドラマは地上波の放送と同時にネットでも配信されるのだと言った。分配金の問題で、俳優の事務所がなかなか首を縦に振らなかったが、やっと話がついたと言って、犬飼はビールを飲み干した。

草生介はかねがね配信会社に自局のドラマを売るのはいかがなものかと思っていた。なんで汗水垂らして作った作品を易々と手放すのだろう。もっと誇りを持てばいいのにというのが理由だ。

草生介は犬飼に聞いてみた。

「新しいことに挑戦してみたいとは思わないのか、ホームドラマとかさ」

犬飼は、「ホームドラマ、それのどこが新しいわけ？」と不思議そうな顔をして、「視聴者はさ、今、流行《はや》ってるものを観たいんだよ。それが似たようなものでもかまわないんだ。要は損したくないんだ。今時、家族関係も希薄なのに、ホームドラマなんて当たらないよ」と軽く片付けた。

隣の席の男はまだ箸をつけずにいた。

犬飼はドラマの二次利用、グッズ展開でどうマネタイズするかなど話し続けていた。草生介は黙って聞いていた。

代表作のない草生介にとって、このドラマは立派な肩書きとなる。

よほどのことがなければ次のシリーズも任され、この手のドラマの執筆依頼も来る。

そうなれば、努力の甲斐もあるというものだ。

これ以上の話はもうないだろう。

「わかりました。断ります」

隣の男はそう言うと、サバ塩のごろんとした塊を白飯にのせて、大きな口を開けてかき込んだ。もう後戻りしないぞと決意したように何度もかき込んだ。

眩しいくらい美味しそうだった。

草生介は箸を持ったまま男を見つめていた。

「どうかした？　何考えてるの？」

草生介が考えていたのは、どこかに美味い焼き魚を食わせる定食屋はないだろうか、ということだった。

第二章　書けない脚本家

「今から、鯖の塩焼き、食べないか？」

あの日、犬飼に急用ができたと言い、奈木に連絡をしてこう告げた。

奈木は老夫婦が二人でやっている小さな定食屋で待っていた。

草生介は、やっぱり脚本を書かせてほしいと言って頭を下げた。奈木はすぐに御園に連絡すると言って出て行った。

まさか自分が人気のドラマシリーズの脚本を断り、理解できない二人を書くことを選ぶとは思ってもいなかった。

ややあって奈木は戻ってきて、まず冷めたお茶をゴクゴクと飲み干した。

御園はさほど怒っていたわけでもなく、草生介が書くことを承諾してくれたと言う。

草生介は御園に謝りたいと言ったが、奈木はそれには及ばないと言い、代わりに御園からのメッセージを伝えた。

「あの二人を理解しようとしなくていいので一度、好きに書いてほしい、と言ってました」

御園の言葉を月明かりに、滑落するかも、溺れるかもしれないが、新しいことに挑むしかない。それがどんなことなのか想像もつかなかったが、とりあえず鯖の塊を口に放り込んだ。モグモグと鯖の旨味を噛み締めながら、何か重要なことのスタートラインに立った気がした。


翌日、奈木から宅配便が届いた。

段ボール箱を開けると、中から希林と裕也に関するありったけの資料が出てきた。

ここに理解できない二人の理解できない人生が詰まっている。

たまたま目にした占いで「日頃、正しい努力をしてきた人には大きなチャンスが到来。そうでない人には辛く厳しい現実が待っているでしょう」とあった。

草生介は、これは大きなチャンスであり、日頃の正しい努力の賜物《たまもの》なのだ、これまでにないドラマになる可能性は十分にある、そう言い聞かせ、資料を手にしたが、まだ読む気になれず、段ボール箱に戻してしまった。

代わりにホームドラマばかり観て過ごした。

時々、閉じたままの段ボール箱に目をやったが開けることはなかった。

数日経って奈木から連絡があった。

「どんな感じでしょうか？」

「まあまあかな」

「えっ、もしかして、もう書き始めたんですか！」

「いや、まだだよ！」とせっかちな奈木の言葉を慌てて打ち消した。

「構想はまとまりつつあるんだけど、どれくらい僕の色を出していいのか迷ってさ」

奈木はすかさず、「思いっきり草生介カラーを出しちゃってください」と期待を声にした。

「あ、そう」

自分にカラーなどあっただろうか。これまで色がないのが、自分の色だった。

だから、脚本が脚光を浴びることもなかったのだ。


草生介の日課は散歩だった。執筆に煮詰まると、気分を変えるため散歩に出かけた。

歩くことで頭を揺らしていると、パソコンに向かっている時には出なかった場面や台詞が浮かんでくる。脳みそのシワに詰まったアイデアのかけらが剝がれ落ちるような感覚だった。そのかけらを大切に集め、またパソコンに向かうのがルーティンだった。

しかし、今は何も考えず、ひたすら道を歩き、できればそのままどこかへ行ってしまいたかった。

草生介は銭湯の休憩所にいた。

家から近いこともありここのサウナが気に入っているが、最近はサウナーと呼ばれる輩で混み合い順番待ちになる。

番号札の紐を人差し指でクルクルしていると聞き覚えのある声に話しかけられた。

声の主にピントを合わせると髪の毛の濡れた犬飼が立っていた。

犬飼はニコリと笑った。気まずさを笑顔で隠した。

「ここの水風呂、タイタニックでディカプリオが放り出された海みたいに冷たいじゃん」

「そうなんだよ、確か一三度だって。よく来るのか？」

「最近、ハマってさ」とサウナ用の帽子をかぶってみせた。

「聞いたよ、俺のドラマ断って、奈木睦子と仕事するらしいじゃん」

ネットマックスにいる知り合いがそう言ったらしい。

「あ、いや、たまたま犬飼より先に……」

「よく言うよ」

「本当だって、ちょっとだけ早かっただけ」

「まあいいですよ」

「…………」

サウナに入る前に汗をかいた。

「すまん。せっかく、チャンスをくれたのに」

「こっちも今、ある脚本家にオファー中」

「あ、そう」

もう後戻りはできない。

「気をつけた方がいいぞ」

「え？」

「あの子、確かに才能はあるけど理想が高過ぎるんだよ」

「どういうこと？」

「日本のドラマを変えたいとか言ってるんじゃないの？　そんなこと言ってるから居場所がなくなるんだよ」

犬飼は奈木を言い腐すことでドラマを断ったことを後悔させようとしている。

「日本でドラマを作る以上はさ、世帯視聴率を切り捨てるっていうのは違うでしょ。そこに若いプロデューサーは気づいてないんだよね。パイの大きい高齢者に届くコンテンツがなければテレビは滅びるぞ」

犬飼は自分の経験相応の正義を語った。

「あんまり奈木の言いなりにならないで、長年培った自分の武器で闘った方がいいぞ。草生介の脚本《ホン》は確かにベタだけど、それこそがドラマの王道、視聴者が求めてるものなんだから」と、最後は「友達だから言えることだが」とアドバイスをくれた。

ある日、散歩から戻るとマンションの前に奈木がいた。

奈木が手を振ってきたので、思わず目を背け、次の瞬間、草生介は踵《きびす》を返し駆け出したが、数メートル行ったところで足がもつれて転倒してしまった。

久しぶりに走って、久しぶりに転んだ。数秒の出来事だった。

身体をかばって手をついた。その手のひらから血が滲《にじ》み出た。ズボンの膝が破れ、覗いた膝小僧から血が出ていた。

振り向くと奈木が心配そうに立っていた。


草生介は傷の手当をするため家に戻った。もれなく奈木も付いてきた。

「傷痛みます？」

「無視したわけじゃないんだ。急に忘れ物を思い出してさ……」

草生介は絆創膏を貼りながら今の気持ちを吐露してみた。

「なんか読む気が起きなくてね……」

奈木は手土産のマカロンを口の前で止めながら聞いていた。

「わかりました。私が草生介さんを全力でサポートします」とマカロンをかじり、口をモグモグさせ、目つきは仕事モードになっていった。

「忙しいのにこれにかかりっきりは大変だろ。他のドラマの依頼も来てるんだろ」と、草生介もマカロンを口元に運ぼうとした時、

「ネットの記事では、配信系の大手からヘッドハンティングされたことになってるけど、このドラマ以外の予定は真《ま》っ新《さら》です。私、これに賭けているんです」

草生介はマカロンをそっと戻した。

奈木は数件、電話をした後、「これで、今日は何時間でもお付き合いできます」と、資料をダイニングテーブルの上に並べた。

「忙しいのに悪いね」

二人にまつわる書籍、雑誌などの発言を抜粋したコピー資料、数枚のＤＶＤ。書籍の大半は希林関連のもので、それは本人逝去の後、出版されたものだった。

草生介は本を手に取りパラパラと眺めながら、ここから面白いエピソードを抜き出し、それを並べれば脚本が出来上がることに気づいた。案外、楽かもしれない。

「希林さんの本はかなり売れて、この内容をそのままドラマにするっていう手もあるんですけど、単にエピソードを並べたり、生前に残した言葉を台詞にしたりするのは違う気がするんで

す。その過程にどんな葛藤があり、お二人が何を感じたかをドラマにしたいんです」

「そうだよね。僕も……、何て言うか……、つまり、……それがドラマだよね」

二人の夫婦生活は面白く、興味深い。しかし、それを時系列に並べるだけのドラマにはしたくない。これまでのドラマの定型に頼らず、むしろ壊したいと奈木は言った。

「このドラマは、換骨奪胎でなければいけないんです」

草生介がスマホで調べようとすると、奈木がすかさず続けた。

「先人の詩文の発想・形式などを踏襲しながら、独自の作品を作り上げるってことです」

草生介はいつも定型に頼り、ドラマを書いてきた。

サスペンスドラマはまず事件が起きる。

主人公の刑事は解決に向け、犯人の目星を付け、捜査を始めるが、簡単に犯人逮捕には至らず、壁がいくつも立ちはだかる。犯人じゃない者を疑ったり、警察内部で対立が起きたり、なかなか逮捕できない警察をマスコミが叩いたり。それらを乗り越え、最後に犯人を逮捕。ラストで主人公はなぜ逮捕に至ったかの推理を語り、犯人は動機を語る。

このフォーマットに沿って書けばドラマが完成する。

草生介は先人が作り上げた偉大なフォーマットに従って、なんの疑問も持たず三〇年、脚本を書いてきた。

「夫婦の深い森に分け入るしかないんです。この森はどんな生態系で成り立っているのかがわかればこれまでにないホームドラマになるはずです。それを草生介さんには書いてほしいんです」

「……それにしてもさ、なんでこの二人でホームドラマをやろうと思ったわけ?」と再びマカロンを手に取った。

「お二人がホームドラマから程遠いのはわかっています。でも、今の時代、お茶の間があって、家族一緒に食事したりする、ホームドラマみたいな家庭ってあります? むしろ、そっちの方が現実から程遠いと思うんです」

「だったらホームドラマじゃなくていいだろ」

「違います。だから新しいホームドラマを作るんです」ときっぱり言い切った。

奈木の目は力強かった。目玉を円グラフだとすると、自信、希望、革命といった成分が含まれている、本気の人の目だった。

「役者の度肝を抜くようなホンを作って、『演じるなんて、こんなもんでいいや』と冷めている俳優を本気にさせたいんです。それには、こっちが本気で環境を用意しなきゃいけない。物作りに潜む狂気を、この先、ドラマに携わる人たちへ残したいんです」

「…………」

「最近はやりにくいよね～、ヤクザの組長がシートベルトを装着するドラマなんてドラマじゃないよ、なんてことを笑い話にして、現状から脱出しようとしない人たちが多すぎるんです」

「困ったもんだね」と、草生介はマカロンをそっと置いた。

「すみません、なんか熱くなっちゃって……」

草生介は肩をすくめてみせた。

二人の人生をベースにオリジナル性溢れるドラマを作ろうとしているということだけは理解できた。

「資料をお読みになっていないということは、お二人の人生をまだ知らない？」

草生介は頷いた。

「わかりました。じゃあ、説明しますね」

「よろしくお願いします」

奈木に洗脳されるのではないかとどこか身構えている自分がいた。

「そもそも希林さんって、最初から俳優になりたかったわけじゃなかったんです」

希林がどうして俳優になったかなど考えたこともなかった。

希林が大学受験を控えていた時に起きたある出来事がきっかけだった。

希林は父親の勧めで薬科大学を目指していた。娘の生意気な性格では結婚してもすぐ別れるかもしれない。そこで食いっぱぐれないように資格を取らせようと、薬剤師を勧めたという。しかし、受験直前にたまたま訪れた北海道でソリ遊び中に足を骨折し受験を断念した。

浪人することになった希林はある新聞広告を見つけた。

それは新劇の三大劇団の研究生募集の広告だった。希林は試験日が一番早いことから文学座に願書を出した。

戦時中は中断されていた募集が再開されたこともあり、幅広い応募があったという。

希林はこの難関を勝ち抜き合格し、文学座附属演劇研究所の一期生となった。

「あの頃って、映画会社に応募するのは美男美女ばかりで、演劇は容姿を重視しなかったんだよな」

「合格した理由は耳が良かったからなんです」

ここで言う「耳が良い」というのは人の台詞をよく聞いているということだ。自分の台詞を言うのに精一杯なだけの演技は見られたものではない。覚えた台詞を一方的に話すのではなく、相手の台詞を聞き、そのトーンに合わせて、自然な演技ができたのだ。

「耳が良いというのは観察力があるってことなんです。希林さんは子どもの頃から周りを注意深く観察する子だったんです」

希林の母はやり手の経営者だった。家の一階を結婚斡旋所に貸していた。その斡旋所は隠れて売春を行っていた。この時、希林は幼心に、世間が作り上げた売春婦像とここで働く女性たちがまったく違うことを知った。

ここで生きる女性たちは素直で逞《たくま》しく優しい人たちだった。だからドラマや映画で描かれる派手でだらしないイメージの方が嘘くさいと思ったという。

希林はいろいろなアングルで人を見ることを当たり前のように身につけ育った。

文学座附属演劇研究所の一期生には、橋爪功、寺田農などがいた。

また当時の文学座は、三島由紀夫、谷川俊太郎など才能ある人が出入りする文化の交差点のような場所でもあった。

俳優を目指す者にとって最良の環境じゃないか。

「同期たちは、寝ても覚めても芝居とは何かについて熱い議論を交わしていたのに、希林さんは新劇の面白さがいまいちわからず冷めていたらしいんですよね」

同期たちを尻目に欠伸《あくび》をする希林の姿が浮かんだ。

「希林さんは新人の頃、看板女優・杉村春子さんの付き人をして、そこで映画の撮影現場に立ち会うことができたんです」

「へえー、監督は誰？」

「小津安二郎です」

小津という単語を聞いて居住まいを正した。

「なんの映画だったんだ？」

奈木は資料に目を落とし、「えっと、『秋刀魚《さんま》の味』です」と定食でも注文するくらい軽く答えた。

「そうなの!?」

『秋刀魚の味』と言えば小津監督の最後の作品だ。

確か杉村春子は笠智衆の恩師である東野英治郎の娘役だ。そんな貴重な現場に居合わせていたのか。

奈木は講談師のように撮影の様子を語った。

撮影現場はいつも緊張感が張り詰めていたという。小津監督は杉村の演技になかなかＯＫを出さなかった。次第に周りはピリついてくる。草生介まで緊張してきた。

「そこで何を学んだんだ？」

「いえ、希林さんはなかなかＯＫを出さない監督の陰で、今の演技は前と何が違うの？　早く終わらないかな、お腹が空いた、とそんなことばかり思っていたと……」

「え？」

願っても叶わない環境に居合わせても我が道をゆくのが希林だった。

演技を希林に教えたのは小津監督でもなく、シェイクスピアでもチェーホフでもなく、ある喜劇俳優だった。

「ある時、希林さんは、森繁久彌さんのドラマにちょい役で出ます。そこで演じることの面白さを学んだんです」

森繁は普段から人間を観察し、それを芝居に生かす役者だった。その演じ方が希林に合っていたという。希林は水を得た魚のように観察したことを芝居に生かした。

森繁も希林の芝居を面白がり、なにかと起用するようになった。

「晩年の出演作を観ると、演じていることを感じさせない自然さがありますよね。こんな人、本当に存在しているのではないかと思う。あれって観察力の賜物だと思うんです」

希林の観察力は人の粗《あら》を探すことにも役立ち、それ故、思ったことをずけずけと口にする性分だったとも付け加えた。

耳が良いからと文学座に合格し、付き人として一流の現場の空気を吸い、演技は観察する目を養うことと知り、俳優人生を歩み出した。

「そこからはご存知の通り、テレビドラマで活躍するようになります」

「あのさ、下積み時代の苦労話とかはないわけ？　ドラマにはそういうの必要じゃん」

奈木は少し考えたがすぐに、「もしあったとしても、得意気に下積み時代の苦労話などを語らないのが希林さんらしさだと思います」と言った。

らしさって何よ？　思わず声に出そうとしたが飲み込んだ。

二人はまだ出会わないのか？　と草生介が思っていると、奈木は、「まずはこの時代の空気を感じてほしいんです」と言った。

「当時、日本の興行界は音楽をどうビジネスにしていくか模索していました。芸能事務所という枠組みを作り、創成期のテレビを使って、グループサウンズ、歌謡曲、演歌などを主軸にビジネスモデルを作ろうとしていました。その枠組みを芸能界と呼び、その中で活動する者を芸能人と呼ぶようになったんです」

芸能界という村は戦後かたち作られたものだった。

芸能事務所という集落ができ、所属歌手はレコードを出し、テレビという夢の箱を使ってそれを広めた。

芸能と商売の仕組みが出来上がり、芸能人はレコードの売上枚数、出演番組の視聴率という物差しで値打ちを決められた。それは今も続いている。

その村の風習に馴染めない若者がいた。

それが内田裕也だった。

草生介はさほど驚かなかった。不良が学校に馴染めない、そんな感じのことだろうと思ったからだ。

「あることがきっかけで裕也さんは芸能界を飛び出し、ヨーロッパを放浪する旅に出ます」

ベーゴマが弾き飛ばされる場面が思い浮かんだ。

そこで裕也は運命を変えるものに出会った。

「それがロックだったんです」

「明治の人が鉄道を見たような感動だったんだろうね」

奈木はそんなたとえには頷かず、「日本を飛び出したことなんか吹っ飛ぶようなカルチャーショックを受けたんです」と言った。

当時、日本に流れていた音楽は、レコード会社が職業作家に発注し、歌手に歌わせていた楽曲だった。

そんな時代に、裕也は五感でロックを感じた。耳をつんざく音、目に飛び込む色彩、鼻腔にこびりつく怪しい臭い。すべてが衝撃であったろうと奈木は言った。

「裕也さんは、このロックこそが、日本の芸能界を変えると直感したんです。ロックは商業主義の枠を超え、自分で曲を作り自分で歌う自由なもの。そこに惹かれたんです。カッコいいことさえしていれば大衆はついてくると」

　ロックの神様の啓示を受けた裕也は帰国後すぐに行動に出た。

　裕也は舶来のロックを日本に布教するのではなく、日本人のロックバンドをプロデュースし、アルバムを発売した。日本人が聴いたことのない激しいサウンド、全編英語の歌詞だった。

「わかるなこの気持ち。海外のドラマを観て、こんなドラマを作る人たちが世界にはいるのかと思うと、居ても立ってもいられなくならないですか？　今、日本のドラマって危機に瀕しているじゃないですか。若いネット世代は物心ついた頃から、海外のドラマを配信で観ているんですよ。今、頑張らないと海外ドラマと差は開くばかりです」

「え、なんの話？」

「あ、……すみません。なんか興奮しちゃって話がごっちゃになっちゃいました」

「で、そのアルバムは売れたのか？」

　奈木は小さく首を振った。

「まだ早かったんです。エレキギターを弾くことでさえ不良と呼ばれていた時代、ロックが大衆の心に入り込む隙はなかったようです」

　そうだと思った。裕也が出したアルバムは、カナダの音楽チャートで上位にランクインを果たした。が、その栄光は日本までは届かなかったという。そんな簡単なものではない。

「自分が追求したいものと世間が求めるものが合わないって辛いんですよね」

「まあ、そんなもんだよ……」

「当時の歌手にもロックはカッコイイ！　ロックを歌いたい！　って人もいたと思うんです。でも、レコード会社は大衆が理解できないからって認めなかった。いつもそうなんです。局が企画を通すのはわかりやすいドラマばっかりで、視聴率、配信数、バズる、そんないびつな実務に慣れてしまっていいんですかね」

「………」

「あ、……もう何の話かわからなくなってきた」


奈木はあくる日もやってきて、二人の人生を語った。

裕也と希林が出会ったのは、希林のドラマの撮影スタジオだという。

ある時、友人に連れられ伏し目がちの男がやってきた。それが裕也だった。

「希林さんの第一印象は、真面目そう、だったそうです」

真面目という言葉が意外だった。

その頃、希林はドラマ『時間ですよ』に出演していた。銭湯の従業員の浜さん役は脇役だったが、毎回、ボイラー室で繰り広げられるアドリブシーンが人気を呼んでいた。

二人は出会い、交際を始め、結婚に至ることになる。

「二人が結婚した過程をドラマで描いてほしいんです」

「エピソードを教えてくれれば書くよ」

「それがここだけ資料がないんですよね」

「じゃ、書けないだろ」

「そこを脚本家の腕でなんとか……」

「いやいや、一を一〇に膨らますことはできてもゼロからは嘘になるでしょ」

「まあ嘘はよくないけど……」と奈木は言いよどんだ。

「辛うじてあったのが、裕也さんが希林さんにポツリと言った一言くらいで」

「なんて言ったんだ？」

「俺と付き合った女は、みんな俺から逃げていくんだ」

「それだけ？」

そんなのただの愚痴じゃないか。どうやってストーリーを作れというのだ。

「二人が結婚した年は、世界中にいい音楽が流れていたんですよ」

奈木はこの年ヒットした曲をスマホで再生した。

ロバータ・フラックの『やさしく歌って』、カーペンターズの『トップ・オブ・ザ・ワールド』と『イエスタデイ・ワンス・モア』、ガロの『学生街の喫茶店』、ちあきなおみの『喝采』、かぐや姫の『神田川』、チューリップの『心の旅』、そして、沢田研二の『危険なふたり』もあった。

スマホで音楽を聴くなど想像もつかなかった時代、音楽は街に流れていた。どこかの店のラジオからだったり、お茶の間のテレビからだったり。音楽は沁みていくものだった。

草生介は子どもの頃の大晦日を思い出した。風呂から上がると新しい下着に着替えて家族で年を越す。テレビからはその年に流行った曲が流れていた。レコードを持っていなくてもすべて口ずさめた。

呉服屋を営んでいた父親は、歌手の着物を見ただけで、「あれは、きぬたやの総絞りだな」と、どこの銘柄かを言い当てた。

その時もいい歌が流れていた気がする。

「そんな時代、二人の間に流れていたのは不協和音だったんです」

「だろうね」

「裕也さんが吐く言葉は、オイカネダセ、メシ、コノヤロー、テメーの四つだったんです」

一つ屋根の下で互いを尊敬し、いたわり合う夫婦の姿などどこにも見えてこない。

草生介は結婚していた頃、妻に暴言など吐いたこともなかった。

脚本は家で書いていたが、家庭に仕事の不満を持ち込んだこともなかった。

ホームドラマからかけ離れていく。草生介の乗っているボートはオールを失い、気づくとどんどん岸から離れている。

「ある日、希林さんは裕也さんに別居の提案をしたんです」

「別居？」

「裕也さんにマンションの鍵を渡したんです」

二人は三カ月で別居してしまった。

夫婦がバラバラに暮らすホームドラマなんて聞いたことがない。

もうボートは沖へ出てしまい、岸が見えなくなってしまった。

その後、裕也は希林が用意したマンションで暮らしながら金の無心を重ねた。

受験を断念し仕方なく俳優を始めた希林が脚光を浴び、日本の音楽を変えようと意気込む裕也は理想と現実の間でもがき続けている。皮肉な話だ。

「結婚して八年目、ついに離婚届を出したんです」

「まあ、そうなるよな。希林が愛想尽かしたんだろう」

「違うんです。離婚届を出したのは裕也さんの方だったんです」

「はいっ？」

「裕也さんが勝手に区役所に離婚届を出したんです」

「希林はどうしたの？」

「希林さんは断固、離婚を受け入れず、家庭裁判所に無効の申立てをしました」

「それっていろいろおかしくないか。家に金も入れない夫に対して、妻が離婚を切り出すならわかるが、切り出したのは裕也の方で、しかも、希林はそれを受け入れないなんて」

奈木は当時のワイドショーのＶＴＲを再生した。

映っていたのは記者を前にした困惑顔の裕也だった。

「一度離婚届を書いたのですけども、書いたら、彼女が破ったわけで」と弱々しく語り、「正直おっかないですね。そっとしておいてほしい。俺のグッドラックを祈っていてほしい」と真顔で訴えていた。

リポーターは当然、離婚を突きつけられた希林にもマイクを向けた。

当時だったら、マスコミは「捨てられた妻」という悲劇のヒロインを期待する。やつれ果てた妻は、やっとの思いでカメラの前に立ち、ナイフのように向けられたマイクに向かって、「私も状況がわからなくて」と狼狽《ろうばい》し、「お願いだから帰ってきて」と涙ぐむ。視聴者もそんな哀れな姿を待っているはずなのに、希林は悲劇のヒロインの愁嘆など見せず毅然と立ち振る舞った。

「結婚もしてないのにね、離婚などおこがましいと思っているわけですよ。要するに紙っぺらの結婚しかしてないのに、きちっとした結婚生活なんて全然やってない。当初、私は主人の顔がわからなかったくらいで、別居してから写真を見るでしょ、あー、こういう顔をしてたのか」

急速に惹かれあった二人は、ここから長年にわたり、別居婚という独自の夫婦生活を歩み出すことになった。

それからもマスコミは、「この夫婦はいつ別れるのか?」というネタを何かあれば取り上げた。ワイドショーには欠かせない夫婦となった。

どのVTRにも、その度に、ユーモアを交えながらも凛として語る希林がいた。そしていいコメントが撮れたとわかると、希林はスイッチを切るように言葉を止め、リポーターもそれ以上追及はしなかった。

「希林さんってサービス精神を見せながら、飄々《ひょうひょう》とマスコミを煙に巻く術があるんです」

希林はなんでここまで自分を晒《さら》すのか。

草生介は離婚したことを悟られないようにしてきた。

「希林が離婚をしなかったのはどうしてなんだろう?」

草生介はそれに関する資料を読んだが、真相はわからないままだった。

草生介がこれまで観た夫婦のドラマはどれも筋が通っていて、双方の気持ちを理解できた。しかし、この夫婦は理解できなかった。この二人は素数のように割り切れない。

草生介が書きたいホームドラマは一見明るい家庭に潜む家族の陰影だ。

だがこの夫婦には家族の陰影などない。この二人には、ホームドラマにふさわしい「日常」がない。

オールウェイズ非日常なのだ。

「ドラマでこの謎を解明してください」と奈木は草生介に顔を近づけて言った。

「……わかった。それが仕事だからね」

かくして、この夫婦最大の謎解きは草生介に託された。

草生介は頭を抱えた。奈木にとって興味深い話も、草生介にとっては心に残らない。嫌悪感さえ湧いてくる。子犬が欲しかったのに、いきなり猛獣がやってきて部屋中を駆け回っている。飼い慣らす自信がない。

普通でいい。普通がいいのだ。

草生介は自由な人種が苦手だった。同調圧力に屈しない生き方より、同調圧力の気圧に慣れることを選ぶ人間だった。

学生時代も、金の無心、遅刻、留年、滞納と絵に描いたような怠惰な生活をする友人がいた。そういう奴に限って人気者で女性にもモテた。羨ましくも思えたが、その生き方は自分に似合わない柄の洋服のようで、それに憧れたら負けな気がした。草生介は大学ではちゃんと単位を取り、嫌な顔をせずバイトのシフトを引き受ける方を選んだ。その方が居心地がよかった。

奈木はなにが気に入ったのかわからないが、打ち合わせの場所を変更することはなかった。毎度、コーヒー豆を持参し淹れてくれる。それがスタートの合図になった。

「内田也哉子さんは雪の降る季節に生まれたんです」

也哉子さんが生まれた時、夫婦は既に別居していた。

夫婦らしい営みといえば、二人が夫婦である証に名前を授けたことだった。

「裕也さんは初めての子どもに美子《びこ》という名はどうだろうと言ったんですが、希林さんは、当時、二文字の名前があまりなかったことと、語呂がしっくりこなかったので、裕也から一文字もらって也哉子と名付けたんです」

赤ん坊のことを「ややこ」というが、その意味も込められていると付け加えた。

「希林さんは、音が重なる響きが好きなんです」

そういえば希林も音が重なっている。

かかかりん、きききりん、くくくりん、けけけりん、こここりん。

草生介は面白くなり呟いた。

奈木は聞こえないふりをして続けた。

夫婦は別居していたので、也哉子さんは希林の元で育てられ、裕也に会うのは年に数回だった。

多忙だった希林は、自宅の一階を事務所にして、スタッフに幼い也哉子さんの面倒を任せたりした。また幼稚園ぐらいから包丁を握らせたり、火を使わせたりして、危険から遠ざけることはしなかった。

「つまり、希林さんの子育ては、人は一人で生きて行く、ということを経験させ、それを習慣化させるということなんですよ」

也哉子さんの服も、可愛いフリルのついたような子ども用の既製の洋服を着せず、大人のありものを仕立て直して着せたという。

ドラマの現場に也哉子さんを連れて行くと、也哉子さんがだぶだぶの大人ものの服を着ているのを見かねた衣装さんが、身体に合うように直してくれた。そこはプロだから手慣れたもので、サイズの合わない服がたちまち個性のある子ども服になった。

「センスっていうのは、既製のおしゃれな服を選ぶことではなく、あるもので賄い、自分に合わせた着こなしをする術ってことなんです。これしかなかったら、その中でどう発展させていくか。まさに創造の原点ですよね」

「でもさ、女の子なら流行りの洋服とか着たいんじゃないのか」

「いやー、私はそういう流行りのものが苦手でした。なんか同調圧力に屈したって感じがして」

さらに希林が作る料理は、子どもの喜びそうなハンバーグやスパゲッティではなく、いつも茶色でまとまっていた。

弁当も玄米に海苔とおかか、おかずは卵焼き、焼き魚、ウィンナーがお決まりで、蓋を開けると、茶褐色の荒野が広がった。

友達は也哉子さんの弁当を覗き込むと、気の毒そうな表情を浮かべたという。

「弁当っていうのはさ、自分がどれだけ愛されているかを示す発表会みたいなものなんだよ」

と、これは可哀想なシーンとして使えるぞと思っていたら、奈木がすかさず釘を刺した。

「それを可哀想だとステレオタイプに描くの、やめましょうね」

「奈木はどんな子だったんだ?」

「おてんばが洋服着て走り回っているような子でした」

「玄関で靴なんて揃えない？」

「よくわかりますね。いつも叱られていました」

「複雑な家庭の子は誰かの家に行くとちゃんと靴を揃えるものなんだ」

子どもの頃、草生介は「靴を揃えて、お利口さんね」とよく褒められた。

複雑な環境で育った子どもが気を遣うのは他人の家に行った時だ。躾《しつけ》がなっていないなどと思われないように、脱いだ靴はきちんと揃える。

草生介は、靴を脱ぎ散らかしたり、母親にお手伝いさんに接するかのように「おかわり」と茶碗を差し出すことが平気な子どもが羨ましかった。

いつの間にか嫌われない術を覚え、自分の居場所を見つける子どもになっていた。

也哉子さんもそんな幼少期を過ごしたのではないかと察してしまう。

「子どもにとって、父親がロックンローラーだろうが、母親が女優だろうがどうでもいい。そんなことより大人の顔色を窺わず自由にしたいんだ」

奈木は草生介の言葉にえらく感動していた。

ごくたまに会う父親だが、父と娘の再会は登場からしてバイオレンス映画のようだった。

裕也はいつも突然、夜中にやってきた。

インターホンなど鳴らさず家の前で喚《わめ》き散らす。

希林は手慣れたもので、ドアに最小限の隙間を作り、裕也を中に引き込んだ。すやすや眠る也哉子さんを起こし、久々の親子の再会を楽しむかと思えば、裕也が愛娘に語ったのは世の中への不満だった。

たいして才能もないアーティストが、ちやほやされていい気になっているだとか、売れたミュージシャンの金の使い道が高級車を乗り回すだけなのは嘆かわしいだとか、貧しくともダンディズムを貫くならば千円持って帝国ホテルのバーカウンターでハイネケンを飲めだとか。

夢見心地の少女の部屋に、ピーターパンではなくフック船長より凶暴な裕也がやってきて、ネバーランドに誘うどころか、寝ぼけ眼の子どもに理解不能の不満をシャウトしたのだ。まったく共感できる余地がない。

このまま奈木のペースで進めるのは危険だ。そこで草生介はプロットを書いてみた。プロットとは筋書きのようなものだ。奈木もそれを読めば納得してくれるだろう。

二人の奔放さを也哉子さんの視点で描いたらどうだろう。ケンカする両親を見ていたたまれない気持ちになったはずだ。一人淋しい夜を過ごしたはずだ。

資料によると也哉子さんは高校時代をスイスで過ごしている。きっと淋しさから逃れるために留学を決意したのだ。これはいける。

草生介は一晩でプロットを書き上げ、早速、奈木に見せた。

奈木はコーヒーを飲みながら読んでいた。今日のコーヒーは草生介が淹れたものだ。

奈木は読み終えると、また最初から読み返した。

面白いとは言わなかった。明らかに顔が納得していない。

「なんかドラマっぽ過ぎるというか……」

その言葉にカチンと来て草生介は諭すように言った。

「あんな強烈な個性の親を持ったんだ、也哉子さんはきっと淋しい思いをしたに違いない。友達は可愛い洋服を着たり、親の愛情が詰まった弁当を自慢したり、そんなのを見てきたんだ。きっと誰もいないところで泣いてたんだよ。視聴者はそんな姿を見たいんだ」

「あんな強烈な個性の親を持ったからこそ、也哉子さんも独特の個性を授かったと思うんですよね」

「…………」

「実際の子どもってもっと逞しいんだと思います」

「じゃあさ、どんなのがいいわけ？　否定するのは簡単さ、気に入らないなら代案を出すべきでしょ」

奈木は腕を組み考え込んでしまった。ほら見ろ。何も言えないじゃないか。

草生介がコーヒーを注ぎたそうとした時、奈木は話し出した。

「広い宇宙のどこかに太陽が二つ昇る惑星があるとして、その惑星では、やっと一日が終わったと思ったら、また太陽が昇り一日が始まる。だから息つく暇もない。そんな惑星で暮らす人って一日に二回も太陽と向き合わなきゃいけないから、地球で暮らす私たちよりも、ずっと知能指数が高いんですよ」と言った。

いきなり何を言い出すんだ？　草生介はパーコレーターを持ちながら固まった。

奈木は草生介の持っているパーコレーターを惑星に、自分の両手を二つの太陽に見立てて説明した。

「也哉子さんはまさしく二つの太陽が昇る惑星で育ったんです。一つは日差しも強く突然昇ったりする厄介な太陽、それが裕也さん。この二つの太陽と向き合ったお陰で他の子どもより逞しく育った。だから也哉子さんは自分で未来を切り拓いたんです」

「…………」

「資料にもありましたよね」と奈木はその部分を取り出した。

「小学六年までインターナショナルスクールに通っていたので也哉子さんは英語が堪能だった。そこで也哉子さんは英語とフランス語を同時に学べる国に行きたいと考え、フランス語が公用語の国の大使館を回り、スイス大使館の対応が一番よかったので、スイスの学校を選んだ。そのことを希林さんに告げると、あっさりと認めてくれた」

淋しさから逃れるために留学を決めたというのは違う気がしてきた。

「也哉子さんは高校進学をきっかけに、この惑星を離れる決意をしたんです。新しい移住先を決めたのは也哉子さん自身だった。常識や世間体に囚われない親からもらったのは行動に移す勇気だったんです」

「まあ、それはそれで面白いけど……」

その後、奈木はこうやって話し合った結果、いいアイデアが出たと草生介を立てた。そして、ありがとうございますとお礼まで言った。

奈木の脚本作りは一貫してサポートに徹していた。あくまでも脚本にするのは草生介で自分は一文字も書こうとはしない。その代わりアイデアをどんどん言った。草生介も奈木に呆れられないよう言葉を連ねたが、正直ついていくのに必死だった。

奈木は美味しそうに草生介の淹れたコーヒーを飲んだ。

「ホームドラマといえば一家団欒《だんらん》じゃないですか」

唐突に奈木は言った。

「この家族にも一家団欒なんてあったんですかね」

「ずっと別居してるわけだから、そんなものはないでしょ」

「ですよね……」

「そりゃあ、ホームドラマなんだから一家団欒のシーンは作りたいよ。だけど仕方ないんじゃないか。この家族は別だよ」

草生介がそう言うと、おでこに手を当て、目を瞑ってしまった。まさかまた突飛なことを言うんじゃないだろうな、と草生介が身構えた瞬間、その予感は当たった。

「やっぱり作りましょう！　この家族ならではの一家団欒のシーン」

無茶だ、心の中で叫んだ。

「絶対いいシーンになります。考えましょ！」

奈木は一人頷きニヤリと笑った。


気晴らしのはずの散歩もイライラするばかりで、黙々と二足歩行するだけだった。

それにしても寒い。すっかり冬だ。北風が身に沁みる。

コートを羽織ってくればよかった。後悔を打ち消すように腕を摩《さす》った。

このまま摩り続けて消えていなくなりたい。

他人が羨ましく思える。人とすれ違う度、今、この人と入れ替わればどんなに楽かと思ってしまう。

婦人と散歩するフレンチブルドッグとすら入れ替わりたい。

そんなことを考えているとスマホが震えた。娘の邦子からだった。

「どうした？」

「あのさ、もうすぐ誕生日なんですけど」

「知ってるよ」

すっかり忘れていた。確か月末に、二十……、いくつになるんだっけ？

「欲しい物があるんだけど」

「あのね、今、打ち合わせで……」

「じゃあ、いいや」

「待って待って、なに？　欲しい物、言ってみろよ」

「美顔器なんだけど……」

そんなものが欲しい年頃になったのか。

「プレゼントするよ」

「ほんと？」

娘には面と向かって離婚のことを話していない後ろめたさもある。本当は父親の声が聞きたくて連絡してきたのかもしれない。

「で、いくらするんだ?」

「えっと、……一九万くらい」

「はーっ、高過ぎるだろ、エステでも始める気か」

「慰謝料の支払いも終わったんでしょ」

「あのな、財産分与って言いなさいよ、慰謝料ってのはな、パパに非が……」

「はいはい、わかりました」

……切られた。まったく父親を財布としか思っていない。

娘の目に自分はどう映っているのだろう。

離婚の話もできない意気地のない父親と思っているのだろうか。

也哉子さんはどんな気持ちで裕也の話を聞いていたのだろうか。酔わなければ娘に会いに来られない意気地のない父親だと思っていたのか。二人の父親を比べたら、どっちが父親らしいのだろうか。

その夜は、腓返《こむら》りで飛び起きた。散歩で歩き過ぎたようだ。夜中に、けんけんしながらベッドの周りを歩き回った。

一体、俺は何をしてるんだ。

およそ一カ月近く奈木は通い続け、二人の人生を草生介に注入した。

わかったのは奈木の好きなコーヒー豆はガテマラで、それよりも二人の人生の方がほろ苦いということだった。

「では、一度、粗くてもいいので脚本にしてみてください」

「わかった、やってみるよ」

「好き勝手なお願いばかりしてすみません。でも、草生介さんが書けば絶対面白くなると思います」

奈木の好き勝手なお願いとは、二人はどうして結婚したのか？　二人はどうして離婚しなかったのか？　そしてこの家族ならではの一家団欒という三つの宿題だ。

なんとか二人の人生はインプットできた。奈木のお陰だ。しかし、奈木はそんな態度は微塵も取らず何度も何度も頭を下げ帰って行った。

プロデューサーとしての仕事は一旦ここまで。後は初稿ができるまでプロデューサーは待つしかない。

そして脚本家はここから書くという孤独な作業が待っている。

脚本家はインプットした事象を、心象を加え脚本にしてゆく。

それが初稿になり、そこから打ち合わせを重ね、改稿を重ね、決定稿となってそこで脚本家の仕事が終わる。

早速、パソコンに向かったがすぐには書き出せなかった。

これは、一度、設計図を作った方がいいと思った。

海図を持たず沖へ出てしまった船は港に辿り着けない。軽装備で登山すれば遭難の恐れもある。

草生介は付箋に二人のエピソードを書き出し、時系列でペタペタと壁に貼った。

これを眺めればストーリーの輪郭が見えてくるはずだ。

正直、こんな作業をするのは初めてだった。

今まで書いてきたドラマはだいたいパターンが決まっていた。

冒頭で殺人事件が起きる。現場に主役の刑事が登場する。登場人物と殺された者の関係性を描きながら、視聴者に誰が犯人かを推理させ、ラストで一気に、この人物がなぜ犯人なのかというシーンを書けば、ほぼ初稿は完成した。

しかし、今回は違う。まったくフォーマットのない、オリジナルの話を紡いでいかなければならない。

あっと驚く話で視聴者を惹きつけなければならない。

しばし、エピソードの付箋を凝視する……、何かアイデアが浮かばないか睨む……。

希林と裕也のエピソードはたくさんある。

これを上手くつなぎ合わせれば物語が姿を現すはずだ。

エピソードを丁寧に並べた。どれも夫婦生活の常識から逸脱したものばかりだ。

考古学者が恐竜の骨を並べることで大きさや形状がわかり、いかに恐ろしい生き物だったかがわかる。今、草生介はエピソードを並べ、裕也と希林という恐竜を蘇《よみがえ》らせようとしている。

そう思うと恐ろしくなった。


つくづく脚本家は孤独だ。たった一人で、七転八倒、葛藤しながら、台詞を吐き出し、物語を紡いでいく仕事だ。その姿は『鶴の恩返し』の鶴のように誰にも見せられない。

草生介が部屋を歩き回り、ベッドの上で飛び跳ね、ソファーにダイブし、浴槽の水垢を掃除し、冷蔵庫のドアを開け閉めし、ベランダに出てドラマの神様の電波をキャッチしようと両手を広げていると、奈木から連絡があった。

「息抜きに、お茶でもしませんか」

草生介は焦った。きっと奈木はお茶を口実に出来具合を探る気だ。

最後の打ち合わせからまあまあの時間が経っている。

まだ一行も書いていません、では済まされない。

草生介は一日中、パソコンに向かった。なんとか絞り出そうとキーボードを叩き続けた。そして書き上げたのは脚本ではなく、奈木への手紙だった。

拝啓　奈木睦子さま

季節もうつろい、もうすっかり冬ですね。あなた様はプロデューサーとして、脚本が完成する日を待ち侘びておられると思います。執筆の方は順調に進んでいますが、書いている内にある重要なことに気づきペンを執りました。これはドラマの根幹に関わること、重要なことなので、どうか気を落ち着けて聞いてください。

かねてからあなた様は、樹木希林、内田裕也というキテレツな夫婦でホームドラマを描きたいと考えておられました。しかしながら、この発想は南国で『北の国から』を作るようなものです。常夏の島には雪は降りません。従って五郎さんは丸太小屋を作る必要もなく、純はサーフィン、蛍はフラダンスにうつつを抜かし、家族は苦労もせずのんびり暮らすでしょう。そんなドラマは誰も観たいとは思わない。それは設定に無理があるからです。それでも続けるというのであれば、私はそれに従うつもりでありますが、あなた様のプロデューサーとしてのキャリアに傷がつくことが遺憾であり、心を鬼にして提言している次第であります。

敬具

三林草生介

草生介はプリントアウトして黙読した後、ため息をついて立ち上がり、手紙をくしゃくしゃに丸め壁にぶつけた。こんな手紙で奈木が納得するわけがない。自分の筆力では説得すらできない。

草生介は、奈木が告げた新宿の喫茶店へ行った。着いた先に見るからに古びた喫茶店があった。店の名前は『憩』とあるが軒先のテントはすすけて、舌という文字しか読み取れない。

草生介はドアの窓から中を覗いた。昭和を感じさせるレトロな内装だ。昔、テレビ局の周りにはこんな店があった。脚本家にとって喫茶店は執筆も打ち合わせもする仕事場だった。馴染みの客になると電話も取り次いでくれた。

奈木は窓際の席にいた。

「一人で考え事する時に使ってるんです。カフェより断然落ち着くんですよね」

「昔はね、局の周りにこんな喫茶店があってさ、ドラマを書いてたもんだよ。懐かしいな」

いつも脚本を巡って口論になり、「この台詞は絶対に削らない」と食い下がったなど当時の武勇伝を語ったが、それは先輩脚本家の話だった。

駆け出しだった草生介は、コーヒーをチビチビ飲みながら、盗み聞きしていただけだ。

草生介はコーヒーを注文した。

「すまないね、脚本が上がらないと撮影の準備もできないよね」

そう言うと奈木はファイルを取り出した。ドラマのセット図だった。

「希林さんのお宅をドーンと建てちゃいます」

さらに衣装のイラスト、小道具の写真を見せた。

奈木は脚本をじっと待っているだけかと思っていたら、毎日、ロケハンをして回り、それぞれの部署と打ち合わせを重ねていた。

ここまで進んでいるとは思わなかった。この後、脚本の進み具合を探ってくるだろう。プロデューサーがここまで準備しているのに脚本家はまだ一行も書いていないことを知れば失望するだろう。優等生の当たり前は悪気なく劣等生を追い込むことがある。

草生介はコーヒーに砂糖を入れながら言い訳を考えた。

「砂糖入れるんでしたっけ?」

「え?」

「いつもブラックだったから」

「あ、そうだね、ははは……」

草生介は頼りなく笑ったが、その間に耐えられなくなり、口角を戻し切り出した。

「やっぱりさ、あの二人じゃ、ホームドラマにはならないと思うんだ。そう思うだろ」

奈木は返事をしなかった。

心に溜まっていた本音がひと滴《しずく》、ポタリと漏れた。

「初めて言うけど、他のドラマ、断ってまで引き受けたわけなんだ……」

もう雨漏りは止まらなかった。

「資料を読む度に、困惑するばかりでさ」

「………」

「僕はさ、もう残りの人生で好きなドラマだけ書いていきたいんだ」

奈木はここにきてそんなことを言うか、という顔を見せながら聞いていた。

その顔を見ると、やめるとまでは言えなかった。

雨漏りが収まったとわかると、奈木は口を開いた。

「あの二人がホームドラマに出てくる夫婦として逸脱していることはわかっています。マグマが両方から噴き出し、ぶつかり合うとお互い手が付けられないことをわかっているからこその別居なんだろうし、でもお互いのことを一番理解し合っている気がして。惚れたとか愛とかそんな言葉では言い表せないつながりを感じるんです」

やはり奈木とは話がとことん噛み合わなかった。

今、安請け合いしてしまったら困難が待っているだけだ。この夫婦が理解できない以上、書けないものは書けないのだ。二人の別居生活は離婚という自分が取った行動も否定することになる。ここで従ったら自分がなくなる。

とはいえ他のドラマの予定もない。このまま気ままに暮らせるほど蓄えもない。

電話ボックスに閉じ込められ、助けを求めるが、道ゆく人の目には入らない。そんな心境だった。

「じゃあ、聞くけどさ、なんで僕なんだ?」

その言葉に奈木は黙った。どうせいろんな脚本家に断られ、仕方なく俺に頼ってきたんだろ。ならば俺も降りる。言われるがまま機械のように書く脚本家に依頼すればいい。

「私の中では、最初から脚本家は草生介さんでした。でもネットマックスに提案したら、もっと名のある脚本家にしてほしいって言われて……、幸いにも名のある脚本家さんにはすべてフラれてしまって……、もう一度、先方に打診したら、じゃあ、脚本を読んでから判断するって言われて」

自分を巡るそんなドラマが起きていたのか。

奈木は少し宙を見ると、助走するように小刻みに頷き、顔色を変えずに言った。

「草生介さんにお願いしたのは、草生介さんがいつも現状に不満そうだからです」

身体中に緊張が走った。

「昔からそうでした。ずっと不満ばかり言ってたじゃないですか。いつも居心地が悪そうで、常々、言葉の端々にドラマに対する不満を練り込んで、ドラマを変えたいとおっしゃってました。最初は嫉妬？　って思っていたけど、よく聞くとどれも一理あるんです。御園監督と会った時も、理想のドラマを語っていたじゃないですか。私はそこに賭けたんです。そりゃあ、優秀な脚本家に頼めば、いい脚本を上げてくるかもしれないけど、今回はそんなよくできただけの脚本じゃだめなんです。だから草生介さんなんです」

仕事を断らないことを信条にしながらも、草生介が抱えていた鬱屈を奈木は見抜いていた。

「草生介さん、もっと真剣になってください。希林さんと裕也さんにしかわからない夫婦のカタチというものがあるんだと思います。今回のドラマはそこに限りなくにじり寄りたいんです。だから、もっともっとお二人の深い深い森に足を踏み入れてください。草生介さんなら書けると思います」

サバ塩定食の女性は、結果が見えていることは実験じゃないと言った。

「草生介さんって、人として面白いんですよ。気取っているけど憎めないところがあって。ホームドラマってシリアスな部分とどこか滑稽《こっけい》なところがあるじゃないですか。あの二人ってクローズアップで見ると悲劇そのものですけど、ロングショットで見るとどこか喜劇にも見えるんですよね。似てるんですよ、草生介さんに」

まずい、このままだと奈木の口車に乗せられてしまう。草生介はなんとか言い返そうとした。

「まあ、僕も現状に流されながらも、その中で最大限、努力してきたわけだけど……」

「だったら降りるなんて言わないでください」

「まあ、降りるってことではなくて……」

「ほんとですか、ありがとうございます」

あの二人にしかわからない夫婦のカタチ……、ドラマはそこに限りなくにじり寄りたい……、だから、もっとあの夫婦の深い深い森に足を踏み入れ、今までにないホームドラマを作る……。

奈木の言わんとしていることはわかるが、それをどうドラマに落とし込めばいいのかがわからないんだ。

日頃、正しい努力をしてきた人には大きなチャンスが到来。そうでない人には辛く厳しい現実が待っている。完全に後者だ。いつか見た占いは当たっていた。

「ほんと、一度、粗いものでかまわないので、最後まで書いてもらえませんか？」

「…………」

「書いていただけますよね」

「……まあ」

「一つ、草生介さんに謝らなければならないことがあるんです」

「…………」

「鯖の塩焼きを食べた定食屋さんで、草生介さんはやっぱり書くって言ってくれましたよね」

「ああ……、そして監督にそのことを伝えてくれた」

奈木が電話しに外に出たのを覚えている。

「あれ、嘘なんです。実は、やっぱり草生介さんが書くことになったって言ってないんです」

と言い、奈木は立ち上がり草生介の隣に座った。

「何？」

「今から御園監督がここに来ます」

「ど、どうして？」

草生介が帰り支度を始めると、奈木がそれを止めた。

「お願いします。いてください」

「いや、無理だよ……」

「私から監督にお願いするつもりです」

「いや、そんなことしなくてもいいって……」

押し問答をしているとドアが開く真鍮《しんちゅう》のベルの音がした。それは地獄の門が開く音に聞こえた。

目をやると爪楊枝をくわえた御園が立っていた。外からの風で御園の髪の毛がなびいた。その姿は魔神のようだった。

「どうも……」

草生介は思わず会釈した。

この日は冬だというのに異様に暑い日だった。

金髪のバイトの子がリモコンを操作すると、古びたクーラーが不気味な音を出して動き始めた。

口火を切ったのは奈木だった。

「やっぱり脚本は草生介さんに書いてもらおうと思います」

草生介は目のやり場に困り、クーラーの吹き出し口を見ていた。風がダイレクトに草生介に吹き付けた。

　奈木はこれまでの経緯を話したが、御園は黙っていた。

　一刻も早く外の空気を吸いたい。

「だったらこの男が書けるという確証を見せてくれ」

「裕也さんと希林さんのことは草生介さんが一番熟知しています」

　奈木は、脚本を書くのは草生介しかいないと言い続けた。

「さっきから肝心の本人は黙ったままじゃないか」

「草生介さんの覚悟は、私が聞いたから大丈夫です」

「俺は本人の口から聞きたいんだ」

　草生介が何か話そうとすると、奈木が、「そんな追い詰めるようなことしないでください」

と割り込んだ。

「こいつは尻尾を巻いて逃げた男だぞ。そんな脚本家が書くホンをどうやって信用しろって言うんだ」

「監督が怒鳴ったって脚本ができるわけじゃないんですよ」

「じゃあ何か、脚本が上がるまで、黙って待ってろってことなのか」

「そうです」

「なんだと」

「監督はもっと脚本家を信じてください」

「面白い脚本を書けば信じるさ。面白くない脚本に機嫌が悪くなるのが監督というものだ」

「脚本ができるまで、待つのが監督の仕事なんです」

「だから日本のドラマはダメなんだ」

「それを変えるためにやってるんです」

いつの間にか話題は草生介のことではなくなり、日本のドラマにまで発展していた。

御園も譲らなかったが、奈木はそれに輪をかけて譲らなかった。

それは新しいドラマへの挑戦を続ける者同士の言葉の闘いのようなものだった。

大袈裟ではなく、風神の起こす風と、雷神が落とす稲妻を浴びているようだった。

『風神雷神図』の屏風の間にいるようだ。

クーラーの風が一層強くなった気がした。

「俺は妥協したくないんだ」

「私だって作品に対して欲深いですよ、でも深さの場所が違うんです」

どちらも折れなかった。草生介は風神と雷神に吹き飛ばされないよう堪《こら》えるだけだった。

「アバンギャルドなことをメジャーでやるのがアーティストなんだよ」

「新しい哲学は前の哲学を否定しないと生まれないんです」

二人の言っていることの違いがよくわからなくなってきた。

「いいドラマと大衆に媚びてヒットしたドラマは違うんだよ」

「監督だって、大衆に媚びて撮った作品があるじゃないですか」

「なんだと、このテメェ野郎！」

「？」テメェこの野郎では？

とにかく会話の収拾がつかなくなった。もう二人が何に怒っているのかわからなくなってきた。

草生介は気がつくと叫んでいた。

「僕が、僕が、納得行く脚本を書いてみせます。だから、だから、二週間ください！」

指を二本立て二人の顔の前に突き出した。


あの頃、ドラマ人たちは喫茶店で毎日のようにこんな激論を繰り広げていた。それぞれが個性を剥き出しドラマを作っていた。似たような話は作らないという矜持《きょうじ》があった。

今こそ、あの頃の熱さを自分が受け継がなければ脚本家をやっている意味がない。

草生介は二人を黙らせるような脚本を書いてやろうと燃えていた。

その情熱は、古びたクーラーの風が吹き付けても冷めることはなかった。

今の時代、希林と裕也こそが必要なのだ。

どこでそんなスイッチが入ったかわからない。とにかく世間からギラついた眼差しが消えつつある今こそこの二人が必要なのだ、という気分になっていた。


とりあえず不安を埋めるように文字を埋めるしかない。

草生介は、洗剤水に綿棒を浸し、キーボードに付いた汚れを落とした。パソコンのモニターに付いた塵を毛ブラシで丁寧に払う。机も水拭きした。

脚本に取り掛かる前の儀式を済ませ、ゆっくりとパソコンの起動ボタンを押した。

ブオ〜ンという低い音と共に心も起動する。

活きのいい素材ならば刺身で出せばいいのだ。なにも無理に焼いたり煮たり調理することはない。ならばありのままの二人を書こうと思った。

裕也と希林という恐竜を蘇らせ、ドラマで大暴れさせればいいのだ。

書くべきことが見えた。

縦書きに設定した真っ白いページに、まるで雪原に足跡を残すように文字を打っていく。書き始めたら、躊躇せず先へ先へと進むのが大事だ。

方向が見えた分、希林、裕也のエピソードがどれも面白く感じられた。

磁石が引き合うように出会い、刺激を求め合うように結婚したはいいが、互いの感性が激しくぶつかり合い、わずか三カ月で別居。

面白いじゃないか。

希林は愛娘の也哉子さんに、独自の教育論でさまざまなことを教えた。

ありもので賄うことで流行に流されないセンスを身につけさせた。

たまにしかやってこない裕也は、娘に世の中への不満をぶつけ、もがく姿を隠すことなく見せつけた。

也哉子さんは自分で決断し、経験することで、高校生の時から自分の道を切り拓き、単身、海外へ旅立った。

こんな家族はどこにもいない。

草生介は夢中で書き続けた。

書き進めて、それを読み返し、ざらついた流れを滑らかにしていく。丹念にカンナをかける大工のように書き続けた。

執筆中は家中の至るところが仕事場になった。

書斎でキーボードを叩く手が止まると、スマホを片手にソファーに寝転び、書いたところを読み直し、指で推敲を重ねる。

食事中はメモを横に置き、浮かんだアイデアが消えない内に書き留める。

煮詰まれば散歩に出かけ、懸案の台詞や、シーンが湧いてくるのを待ちながら、あてもなくぶらぶら近所を歩き回った。

そういえばここ何日も、人と話していない。

独り言みたいに台詞を言っているだけだ。

毎日、ひたすらパソコンに向かい、同じ食器で食事をし、洗って元に戻す。

それ以外は二人のキテレツな人生にかかりっきりだ。

朝から執筆を続けると、気がつくと何時間も座ったままになる。

世界で一番座る時間が長いのは日本人だと前にニュースで見たことがある。その中でも草生介は群を抜いているかもしれない。立ち上がり、腰をそらして伸ばす。

球形の振動するマッサージ機を大殿筋のえくぼのあたりに当て、硬直した筋肉を和らげる。

一行でも一文字でも多く書き続けるにはケアも必要だ。

草生介は少し環境を変えてみることにした。パソコンを浴室に持ち込み、ぬるま湯に浸かりながらキーボードを叩いた。

いつか観た映画で、主人公の脚本家がそうやっていたからだ。

その脚本家は風呂に浸かりながら、タバコをくわえ、ウィスキーをストレートで飲み原稿を推敲する。その姿になんとも言えないダンディズムを感じた。

確かその脚本家は当時の赤狩りにあい映画界を追放された。それでも書くことをやめず、偽名で脚本を書き上げ、その映画は歴史に残る名画となった。

さすがにタバコとウィスキーまでは真似しなかったが、しっとりと汗をかきながら書いていると、身体中の毛穴から台詞が生まれるようだった。

自己満足が次のシーンを書く、大事な原動力になる。キーボードの音しかしない孤独の檻《おり》の中で、自分で自分をおだててとにかく先へと進んでいく。

自分を天才だと信じ、御園と奈木のにんまりする姿を思い浮かべながら。

締め切りのぎりぎりまで草生介は書き続けた。

希林は晩年、自分ががんに侵されていることを告白し、残りの時間を映画に注いだ。世の中のすべてを悟ったように数々の名言を残した。草生介は本にもなっている希林の言葉をフレーバーのように随所に台詞として使った。そうすることでドラマに深みも出てきた。

奔放な夫婦の歴史も、激流が海へと流れ出るように、時間が経つにつれ流れは落ち着き、晩年は波一つたたない穏やかな大河となった。

ラストは、希林が家族に看取られ息を引き取るシーンだった。

その場に居合わせなかった裕也は、電話口で希林に愛を語った。

「お前を愛してる。夫婦でいてくれてありがとう」

裕也のその台詞をラストにした。

「……できた」


書き終わったのは御園に会う日の朝だった。

草生介はもう一度読み返してからメールで送ろうとしたが、途中で何度も船を漕いでしまい、最後まで辿り着くことができなかった。

草生介は短い文章を添え、奈木にメールした。すぐさま、「今から拝読させていただきます。お疲れ様でした」という返信が来た。

草生介は熱いシャワーを頭から浴び、懸命に無心になろうとしたが、頭の中で、あのシーンのあの台詞をああすればよかったとか、あのシーンは説明しすぎではないかと不安ばかりが駆け巡った。御園連太郎は一体どう思うだろうか?

約束の時間にはまだずいぶん早いが、草生介は家を出ることにした。家にいても余計なことばかり考えてしまう。少しでも脚本の中から抜け出し、世間の風に当たりたかった。

空はどんよりとした雲が覆っていた。風はないが底冷えがする。

草生介は久々に外に出た気がした。

駅のキオスクで週刊誌を買った。電車でペラペラ捲ると相変わらずゴシップが並んでいる。しかし、記事の内容はさっぱり頭に入らず、自分の書いたものはこれ以下じゃないかという不安が頭をもたげる。


ホテルに着くと奈木が出迎えてくれた。

草生介はとっさに「読んだ?」と聞いたが、奈木はそれには答えず、今、御園が読んでいるところだと言った。


草生介は隣の部屋で待つことにした。

ドアの隙間から、初稿を読む御園の姿が目に入った。草生介が来たことに気づいていない。既に脚本の世界に入り込んでいるようだ。

脚本家は書いた物を誰かに読まれている時間が一番嫌なものだ。

御園はどんな顔をして読んでいるのか。何度、頷いただろうか、どこか笑う箇所はあっただろうか。合格発表を待つ浪人生のような気持ちだ。

頭の中で原稿を捲っていると一字一句がつまらないものに思えてくる。

アップルウォッチが何度も呼吸しましょうと言ってくる。脳にも酸素が届いていないようだ。

草生介は音を立てないようにコーヒーに口をつけた。

勿論、味など感じる余裕はなかった。緊張と不安がブレンドされたどす黒い液体が、咽頭、食道へと順に送られるだけだった。

厳格な裁判長の判決が聞こえた気がした。

「主文、被告人の脚本を不採用とする」

いや、そんな弱気でどうする。

あんなに必死で書いたのだ、面白かった以外の言葉はいらない。

もし気に入らなければ別の脚本家を当たってくれ！　と言ってやればいいんだ。

御園の読み方は静かだった。波一つない水面のようだった。

ページを捲る音も、息遣いも聞こえない。ただひたすら俯瞰し、読むというより、ページ全体を見つめている。二つの目で原稿をスキャンし、脳裏に映像を浮かべているようだった。

草生介はその迫力に恐怖を感じた。どれくらい時間が経過したのかもわからなかった。

この儀式が終わるのをひたすら待った。

ふと部屋の壁に目をやると、なにか絵のようなものが貼ってあった。

なんだろう……。

奇異に思い近くに寄って見ると、それは絵コンテだった。

何十枚も希林と裕也のイラストが描かれていた。

希林が話す時の表情や仕草、裕也が杖を掲げた時のポーズ、ありとあらゆるシーンを想定し、そんな時、希林と裕也はどんな動きをするかがイラスト化されている。

思い違いをしていた。この期間、しんどい思いをしているのは自分一人で、御園は他の仕事をしたりして、待っているだけだと思っていた。

だがこの間、御園は御園で黙々とこの作品の基礎作りをしていたのだ。

草生介は脚本を書く時、人物設定はある程度最初にイメージするくらいで、あまり深く掘り下げないできた。

どうせ監督が演出するわけだし、脚本の段階で細かく人物を掘り下げるのは二度手間だと思っていた。

監督の方も、自分の脚本を見たうえで、人物設定を掘り下げていくのだろうと思っていた。

それを御園は最初からここまで緻密に考えているのだ。

「草生介さん……」

振り返ると、奈木が目の前にいた。

「監督、読み終わったみたいです」

「ああ」と我に返った。

御園のいる部屋へ歩み出した。

御園は脚本を机でとんとんと揃えていた。草生介に気づくと、立ち上がり、「お疲れ様でした」と頭を下げた。

「二人のことがよく書けている。資料をよく読み込んでいることもわかる。エピソードも面白い」

草生介は嬉しくなって御園の顔を見たが、恐ろしいほど冷静な眼をしている。

「俺はね、脚本家は彫刻家のようなものだと思っているんだ。彫刻家は石の前に立ち、こう彫ってくれという石の声を聞く。それを彫り起こすのが彫刻家。脚本家もそうだ。登場人物がこう語りたい、こう表現したい、それを書き起こすのが仕事だ」

御園はその後、少し黙った。

なんだこの前置きは？　もしかして、あの資料からよくぞ希林と裕也を彫り出したと褒めてくれるのか。そうだ。今、御園は監督としてこの脚本をどう激賞しようかと頭の中で言葉を紡いでいるのだ。

「俺が撮りたいのはこれじゃない。全然、ダメだ」

「…………」

「三林さんには二人の声が聞こえてないようだね？」

御園は脚本に目を落としたまま続けた。

「これじゃキテレツな夫婦の出来事をただ並べただけじゃないか。再現ドラマじゃないんだから。俺が伝えたいことはこれじゃない。とにかくこのホンじゃ、撮れない」

エピソードを並べたことのどこがいけないんだ。ここまで言われて黙っているわけにはいかない。これだけ熱く本音でぶつかり合った夫婦はいないだろと言いたかった。

希林の言葉にカーッと来て頭に血が上る裕也。

そこから二人はマグマのように言葉を噴火させ、大喧嘩に突入する。

そんな壮絶なドラマ、観たことがないはずだ。裕也みたいに「上等だ、コノヤロー」と大暴れしたかった。面白いものを書いたという自負がある。

脚本家になってあんなに興が乗ったことはなかった。希林と裕也に手を引かれ時代を駆け抜けているようだった。

「あんな面白いエピソードを生かさない手はないでしょ！」

「だったら、ドキュメンタリーを観れば十分だ。俺が発注したのはホームドラマだ。なんで作品の本質を捻じ曲げた？　なんで俺がゴシップだけを面白がる作品を撮らなきゃならんのだ。

大事なのは、脚本で何が起きているかじゃなく、読んだ人の心で何が起きたかだ」

「………」

「この脚本を読んでも、俺の心の中で何も起きないね。そこが大問題だ」

「………」

「俺が観たいのは、日常にある人間味、滑稽さ、愚かさ、妬み嫉《そね》みのリアリティ、生活の営みに潜んでいる喜怒哀楽、淋しさを引き出したホームドラマだ」

草生介は御園を睨んだ。なんで自分が睨んでいるのかがわからなかった。自分は本気で面白いと思っているからか、プライドを傷つけられたからか、睨めば考え直してくれると思っているからなのか……。


途方に暮れると、日も暮れていた。

マンションのエントランスで老婦人が挨拶してきたが、思いっきり無視した。

今は誰とも話したくない。

部屋の灯りもつけなかった。自分の輪郭さえも見たくなかった。

弱音は吐くものではなく、ぐっと飲み込むものだと心得てこれまで生きてきたが、今は吐かずにいられなかった。でも、吐く相手もいない。

一度でもヒット作品を出していれば、もっと御園とやりあえたかもしれない。

これまで草生介は監督とケンカをしたりしたことはなかった。

脚本にいくら丁寧にト書きを書いても、仕上がった作品を観ると、ここは台詞のタイミング、ニュアンスが違うと思うことはよくあった。そんなことだらけだった。どう言ったら伝わるのか、どう書けばそう撮ってくれるのか、そんなことに悩んで筆が進まない時もある。

打ち合わせで意見を言わないプロデューサーや監督に限って、現場で勝手に直したりする。脚本家はともかく、脚本に敬意を払えと言いたかったが、文句の代わりに、「現場で問題が起きたら、どんなことでもいいから連絡してきてくれ。状況に応じて即座に直すから」と言い続けた。しかし、連絡があるのは、役者のわがままやスケジュール変更でシーンを書き直す時だけだった。

ト書き通りの芝居しかしない役者にも言いたいことはあった。泣くと書けばこれ見よがしに涙を流すだけで、悲しさ一辺倒の芝居しかしない。

そんな不満を抱えながら、それでも続けてこられたのは、ドラマが好きだったからだ。

惑星が直列に並ぶように、いつかいい巡り合わせが訪れ、自分の脚本を立体的に、かつ豊潤に映像にしてくれる者たちが現れるだろうと信じ続けていたからだ。

そんな信頼できる監督にやっと出会えたのに、草生介は部屋を飛び出してしまった。

あの時、奈木は追いかけてきた。エレベーターを待つ間、「あれは本当に書きたかった脚本ですか」と悲しそうな目をこちらに向けたが、「ごめん」とだけ言い残し扉を閉めた。

さっきからスマホが震えているが、出るもんかと思う。

御園は怒り心頭だろう。今度こそクビだ。こっちもこれ以上関わるつもりはない。

自分は正統派のホームドラマを書きたかっただけなんだ。

それをあの二人でホームドラマをやりたいなどと言い出すから、こんなことになったんだ。

最初からまったく乗り気ではなかった。資料を読めば読むほど、自分の書きたいホームドラマとは程遠いことを実感した。

それでも形にしようと諦めなかった。そして二人の人生をありのままに脚本にした。

書いていくにつれ、奔放ではあるが誰にも媚びない、誰とも群れない二人の生きる姿に少しずつ魅せられていった。

それは草生介とはまったく違う生き方だったからだ。

ロックをビジネスとして捉えず自由なものとして追求し続けた裕也、芝居というものを自分の人生と照らし合わせ、肩肘張らずさらりと演技する希林。この二人の人生を伝えたいと思った。

しかし、それを御園は再現ドラマだと否定した。その頭ごなしの言い方に傷ついた。許せなかった。

だったら出口のないドラマを誰かと勝手に作ればいい。ファックユーだ。

「俺の言うこと間違ってるか」とシャウトしたい。

淋しさが込み上げてきた。

急に誰かと話がしたくなった。独り言を呟くのではなく、この淋しさを紛らわしてくれる誰かと話がしたいのだ。

淋しい、淋しい、とにかく淋しい。

今、俺と同居しているのは淋しさだけなのだ。

あの老婦人の気持ちが今わかった気がした。


あれから何もすることがなくなった。奈木の電話にも出ていないし、メールも開いていない。

バリバリ書いていた感覚はもう溶けてなくなっていた。

時間が経つにつれて、御園とのことや、執筆の苦労は、少しずつ過去のものになっていた。

悲しさが癒えた後に淋しさが現れる。悲しさは一瞬、淋しさは永遠なのだ。

ネットニュースを見ていると、ドラマの制作発表、誰かの受賞のニュースが流れてくる。監督、脚本家、俳優のコメントから達成感、充足感、喜び、希望が溢れ出ている。

その中に犬飼のドラマの制作発表の記事もあった。若い人気脚本家が起用されたらしい。

自分だけが取り残されている。

ドラマも観る気が起きない、誰とも話していない。

この先、何を書こうか。そもそも書きたいものなんてあったのか。

二人の資料をシュレッダーにかけたら、枚数が多すぎて紙詰まりを起こした。うんともすんとも言わない。思いっきり引っ張ったがびくともしない。クソ！　どいつもこいつも好き勝手やりやがって。


残った資料にＤＶＤが添えられているのに気がついた。まだ観ていないものだった。ディスクに手書きで「内田裕也コマーシャル」と書いてある。

再生してみた。

画面に都会の街並みと水面が映った。

溺れそうになりながら、スーツ姿の男が泳いでいた。裕也だった。都会のビル群から逃げるようにこちらに向かって泳いでいる。それはもがきながら、信じるものに向かって、進む姿に見えた。懸命に水をかく裕也に、男が問いかけた。

「昨日は、何時間生きていましたか？」

自分が問われているようだった。

俺は、何時間生きていただろうか？　生きるとはどういうことなのか。

大衆に迎合することに背を向け、自分のやりたいことを信じ、岸の見えない川を泳ぎきろうとしたことはあっただろうか。

否定されたら、そこから逃げ出し、不満ばかりをたらたら言う、凝り固まった性格。いらだち、焦り、失望、その隙間に淋しさが入り込んでくる。誰かこの心持ちを解いてくれないか。毎日、そんなことを自問しているだけだ。それは生きているとは言わない。裕也の目がそう言っている。

裕也は間違いなく草生介より生きている。草生介より真剣に生きている。


草生介はあてもなく歩き続けていた。

行き先など考えず、むしろ迷子になりたいと知らない道へ歩を進めた。

太陽が雲に隠され風が出てきた。ひっきりなしに風が吹くので耳が痛くなる。流れる雲を見上げ、真っ白い息を一つ吐いた。

歩いても気持ちは癒えなかった。

入り組んだ道をくねくね、緩やかな坂道をだらだら、ひたすら歩き続けた。

ここはどの辺りだろう。スマホで調べる気にもなれなかった。

辺りは丘陵地になっていた。

大通りにはオフィスビルが建ち並んでいるが、一つ奥の道に入ると大使館、古い洋館、大きな邸宅が並んでいた。

都会の喧騒は消え、人通りも少ない。

そういえばこの辺りに希林の家があったはずだ。

也哉子さんと本木雅弘さんに子どもができた頃、希林は二世帯住宅を建てた。不動産が好きだった希林は、地価の高騰が収まった一番いいタイミングで買ったという。

散歩の最後にその家でも眺めて帰ろうと思った。

草生介は路地に入り、家並みを眺めながら探した。入り組んだ道をうろうろしていたらそれらしき家があった。ここか、と見上げた。

希林はこの土地に立った時、何を感じてここを住処《すみか》としたのだろう。裕也が酔って夜中にやってきたのもこの家だ。

家の塀を触ると冷たかった。裕也もこの冷たさを感じたのだろうか。

草生介が引き返そうとすると、勝手口の格子戸が少しだけ開いていた。

「…………」

覗いてみると、その先は薄暗かった。

風が静かに通り抜けるような不思議な空間だった。

草生介は足を踏み入れた。

玄関に続く小道に飛石が並び、周りに苔が生えていた。

玄関のドアノブを回すと、開いた。

「ごめんください」

奥からは返答はなかった。

「誰かいますか」

やはり返答はなかった。

ふすまに木漏れ日が揺れていた。ふすまに描かれていたのは枯れた蓮だった。

リビングに足を踏み入れた。気忙しい日常を感じさせない整理された空間。

静かだった。窓から苔むした庭が見えた。古木が数本立っている。都会の真ん中とは思えない風情だった。

奥へ行くと、マリア像のステンドグラスがはめられたドアがあった。希林が裕也のために作った部屋だ。懺悔《ざんげ》室のようにも見えた。

別のフロアに行くと、少し広めの応接室があった。ここは記者会見用の部屋だ。裕也が何かやらかす度、ここで希林はリポーターたちに向かって話をした。謝罪を求めるというより、人気の尼さんの法話を聞きに来ているようだった。

希林の寝室を覗いた。

枕元の壁には額に入ったニューイヤーロックフェスティバルのポスターが飾ってあった。

渋谷西武劇場で行われた第一回のものだ。ちなみにデザインは横尾忠則だ。この音楽イベントは毎年年越しに開催され四五年以上続いている。夫婦の歴史はここから始まった。

日も暮れてきて、そろそろ出ようかと思った時だった。

「随分、淋しそうね」

誰かの声がした。

振り向くと、そこに立っていたのは希林だった。

第三章

希林のダメ出し、裕也の未練。

目の前に希林が立っている。

小柄で華奢《きやしや》だが、均整のとれた佇《たたず》まい。ほぼ灰色に見える白髪頭、着物を洋服に仕立て直したような黒い服を着ている。そして物憂げな顔をして不思議そうにこちらを見ている。

まさしく希林だ。

この世にいないはずの人物がいきなり現れると、普通、悲鳴が出るやら、腰を抜かすやら、身体が勝手に反応すると思っていた。しかし相手が希林だと身体も萎縮したのか、草生介はただ立ちすくむしかできなかった。

「……希林さんですか?」

「そうよ」

腰に手を当て、ここの家主は侵入者を舐《な》め回すように見た。

直視しただけですべてを見透かされそうな目。山奥にひっそりとある湖水のような静かな落ち着きを湛《たた》えている。

「あんたあの人、見なかった?」

「えっ」

「見たの？」

「いいえ」

「あ、そう」

希林は使い古しのストッキングの塊を持ち、それで辺りを拭いている。

「まったくどこ行ったのかしら」

「裕也さんがどうかされたんですか？」

思わず、さんを付けていた。

「いなくなったのよ」と眉をひそめて言い、「死んでも未練があるなんて」とため息をついた。

希林の話によると、裕也はあの世から脱走したという。

「俺には未練があるんだって大暴れして、どっか行っちゃったのよ。あの世でも手に負えなくてね、それで、どうか連れ戻してほしいって、私にお鉢が回ってきたのよ」

信じられなかった。気持ちの整理が追いつかない。希林が現れたことだけでもまだ受け入れられないのに、裕也があの世から脱走したなんて。草生介の戸惑いなどお構いなしに希林は続けた。

「散々、好き勝手に生きといて、やり残したことなんてないはずなのにね」

せわしなくそこら中を拭きながら言った。

「あの……、裕也さんの未練って何ですか?」

「知らないわよー」とこの上ないほど面倒臭そうな表情を浮かべ、「どうせたいしたことないのよ。ロックンロールの大義だかなんだか知らないけど、こっちはせっかくあの世で平穏な人生を歩もうって時に、ほんと迷惑な話だわ」と顔をしかめた。

口調、表情、すべてが樹木希林だ。

「………」

「とにかくあの人を見つけて、あの世に連れて帰んなきゃならないのよ」

それにしても生活用品は最小限に抑えられた整然とした家だ。すべて希林の美意識に適《かな》ったものばかりなのだろう、余計なものがない。

「本当に見なかった? いつかこの家に来るはずなのよ」

希林は腰に手を当ててそう言った。

裕也の未練とは一体何なのか?

家族の行く末? それは違うか。ロックンローラーとしてやり残したことでもあったのか、ヒット曲がなかったことを悔やんでいるのか?

あ、誰かに仕返し? それはあり得る……。

未練と聞いていろんなことが浮かぶ。未練だらけなことに耐えられず、あの世を飛び出したのだろうか。それなら腑に落ちる話だ。生きている時に吠えた裕也の不満は、死後に未練となったのだ。

ふと写真立てが目に入った。

写真には裕也と孫が写っているが、裕也は明らかに不機嫌な顔をしている。こんな幼い孫にまで怒りをぶつけていたのか。なんでこんな写真を飾っているのか。

「裕也さんはなんで怒ってるんですか？」

希林はそれには答えずに、「この写真は、私の一番のお気に入りなの」と微笑んだ。

「あんたもあの世から来たの？　未練あるようには見えないけど？」

「私はまだ生きています……」

「勝手に入って何してたの？」

「えっと……、たまたま開いていて……」

話のテンポが乱れ、リズムが狂い、何を言っているかわからないまま単語を重ねた。

希林は不審者を見るように、ゆっくりと草生介の頭から下へと目を移した。

「あんたね、ズボンからシャツ出しなさいよ、すごく貧相に見えるわよ」

草生介は慌てて従った。

「何ていうの？」

「は？」

「名前よ」

「三林草生介といいます」

「何してる人？」

「ドラマの脚本家を……」

「そんなところだと思ったわ、神経質そうな顔をしてるものね」

希林は草生介の顔を覗き込んだ。

「どんなドラマを書いてきたの？」

「まあ、いろいろです……」

「有名な作品は？」

「んー、いろいろありますけど……」とどれを言おうかなと迷うふりをしながら、言い淀んでいると、「好きな脚本家は誰なの？」と質問が変わったので、「向田邦子とかですかね」と即答した。

希林は「あんたもそのタイプなのね」と意味深な言い方をした。

希林は向田ドラマに数多く出ている。そのことについて聞きたいことがたくさんあったが、何か嫌な予感がしたので触れずにいた。

「家族は？」

「妻と娘が……」

希林は「ふーん」と頷き「うちと同じ家族構成ね」と言った。

「あ、今は一緒に暮らしていないですけど」

「あら、奥さんに捨てられたの？」

「まあ……」

不法侵入者を怪しんだり怖がったりせず、そんなことに興味を示した。

「ねぇ、離婚ってどんなものなの？　ほら、私、したことがないから」

「……なんか自由になった分、やることが増えたっていうか」

希林は「つまらない答えねー」と言い、「あんた本当に脚本家？」と呆れた。

少しでも気を抜いた発言をすると、思ったことをズケズケと容赦なく言う。資料に書いてあった希林そのままだ。

「ところでなんでいるの、あんた？」

「実は……」

草生介はこれまでの経緯を話した。希林は相槌を打たず黙って聞いていた。ブラックホールに言葉が吸い込まれていくような気がした。

「その御園って監督も変わってるわね。私たちでホームドラマなんて」

「そうなんですよ、変わったやつなんです」

最初の打ち合わせに遅刻してきたこと、傍若無人なこと、脚本を読みクスリともしないこと、言いたいことをオブラートに包んだりせずずけずけ言うところ、などとめどなく話していた。

「二人の人生を時系列にまとめただけの再現ドラマだ、なんて言われたんですよ」と御園の口調を真似て言い、「一緒に暮らしてない夫婦でホームドラマなんて、土台無理があるんですよ」と本人を前に口走った。

「それが耐えられなくて逃げたわけね」

「逃げたんじゃなく、降りたんです」と語気を強めた。

「どっちでもいいわ」

「お二人は会う度にケンカばかりしていて、弾薬庫で暮らしてるようなもんですよ。なにもホームドラマになんかしないで、そのままやった方が面白いんです」

「それは大きな間違いね」

きっぱりと言った。

「…………」

希林は姿勢を正し、改まって言った。

「私たちのそんなところだけ拾って、誇張して描いて何が面白いの？」

「それだけじゃなくて、希林さんの残した含蓄のある言葉もちゃんと入ってますし……」

草生介は慌てて否定した。

「散々、面白がった後、私が言った良さげな言葉を格言扱いして偲ぶんでしょうけど、そんなのちっとも嬉しくありません」

「でも、希林さんの言葉で救われる人もいると思います」

「あんた、脚本家でしょ。なんで人のふんどしで相撲を取るわけ？　面白い筋を書くのが仕事でしょ。私たちの人生に頼ったりしないでオリジナルのドラマを作りなさい。そんな脚本じゃ撮りたくないと言った御園監督の方が正しいと思います」

「…………」

「ありきたりの作品を作ったら次がないの、監督って仕事は」

「だったら自分で書けばいいじゃないですか」と口を尖らせた。

「もう一度聞くけど、本当に脚本家？　そんなことしたらあんたなんていらないじゃない。それと、自分で書いたらあんたにダメ出しできないでしょ。口は出すけど自分では書かない。でも責任を持って完成させる。それって書くこと以上に重いことなの」

希林はせっかくだからと前置きして、監督の矜持を代弁した。

それは脚本家の書いた物を仕上げる責任についてだった。監督は自分が納得した脚本をもとにそれぞれの部署のプロフェッショナルたちと打ち合わせをする。役者、カメラ、照明、音響、音楽、衣装、美術、それらすべての人に説明をしなければならない。そしてその責任を一手に背負うのは監督である。だからこそ自分が納得できる脚本がなければ撮影に臨めないものだと。

脚本の時点でストーリーに少しズレがあったとしても無理やり書き上げることはできる。しかし実際に演技してみると、どうもしっくりこない。少しのズレが不自然に変わる。ズレに気づかなかったり、納得したふりをするとツケが映像に滲み出る。その責任をすべて背負う監督は脚本の段階で妥協しちゃいけないと言った。

「現場に入ってからも考えている監督は二流ね。一流は撮影前にベストを尽くすの。準備の大変さに比べたら現場なんて遊んでいるようなものよ。後は私たち役者が台詞を言えばいいんだから」

脚本家は足腰の強いホンを書くのが仕事なのに、あーだこーだ言われただけで降板するなんて、なんて脚力がない脚本家なのと笑われた。

「ちょっとプライドを傷つけられたら拗《す》ねるタイプみたいね」

「そんなことは……」

「あるみたいね」

まだ会ったばかりなのに草生介の性分を言い当てた。

「あんた人と自分を比べて悩む性格じゃない？」

「……………」

「人と比べる人は人のせいにもするのよね。人のせいにするのは、言い訳と悪口を考えなきゃならないから、実はめんどくさいことよ。そういうのコスパが悪いって言うの」と薄く笑った。

「……でも」

「でも、なに？」

「だったら、あんな言い方しなくても……、監督が変わればこっちだってもっと……」

「人を変えようなんておこがましいわねー」

「……………」

一手打つ度に即座に次の一手を打たれるヘボ将棋をしているようだった。

希林はレコードを選んで針を落とした。いきなり重低音のドラムの音がスピーカーから流れ、それに合わせギター、オルガン、ベースがリズムを刻んだ。そして耳をつんざくようなボーカルが英語で熱唱し始めた。

希林は目を閉じ曲に合わせてゆらゆらと揺れていた。

草生介はその光景に啞然としながら、言われたことを反芻《はんすう》していた。

奔放な二人のエピソードを描けば面白くなると思ったが、それは面白がっているだけだと言われた。

たった一回のダメ出しで御園の元から離れた脚力のない脚本家と笑われた。

人のせいにして自分を正当化しようとするのは時間の無駄と言われた。

突然現れた希林に一瞬にしてすべてを見抜かれた。

希林はレコードを止めて言った。

「あんた、書きなさいよ」

「はいっ？」

「私たちのホームドラマよ。私が協力してあげるから。どうせ仕事なんてないんでしょ」

「でも……」

「本当は、面白い脚本書いて見返したいんでしょ」

図星だった。でも、あんな別れ方をしたのだからもう他の脚本家にあたっているだろうと躊躇していると、

「それでダメだったら逃げればいいじゃない、そう思えば楽よ」

「……………」

「もうなんなの、焦《じ》れったいわね、書きゃいいのよ」

希林は呆れた顔をして、「その代わり手伝ってくれない、うちの人を捕まえるのを」と悪戯《いたずら》な瞳を向けた。

脚本に協力する代わりに、裕也の捕獲プロジェクトに加われというのだ。

草生介はたじろいだ。危険生物といってもおかしくないあの裕也を捕獲なんてできっこない。いくらもう死んでいるからといっても危なすぎる。

「はい、決まり。お願いね」

そう言って希林は微笑んだ。

希林が先ほどまでかけていたレコードのジャケットには、素っ裸でバイクに跨《また》がり疾走する男たちが写っていた。二人乗りのバイクの後ろで不敵な笑いを浮かべているサングラスの男は裕也だった。

希林は朝と晩、「おはよう、おやすみ」の声掛けをしてくれた。

当たり前の言葉が妙に懐かしく感じられた。

いつ裕也が押し掛けてくるかわからないという理由で、草生介はここで希林と生活を共にすることになった。

草生介は一旦自宅に戻り、着替えと仕事道具一式をバッグに詰めた。荷物の中には向田邦子の文庫本を何冊か忍ばせた。

希林との生活は、書生のようでもあり、魔法使いの弟子になったようでもあった。

草生介は、朝は掃除をし、朝食の後から夕方までを執筆の時間とした。

希林は裕也を連れ戻しに来たにもかかわらず、自分から探しに行こうとはしなかった。

二人で裕也を捕獲しに行く〝裕也バスターズ〟の一員になることを覚悟していたが、希林は庭の手入れをしたり、掃除をしたり、裁縫をしたりして一日の大半を過ごした。

なんだか拍子抜けした気分でいると、「あの人はね、必ずここに来るから気長に待っていればいいのよ」とうそぶいた。

草生介は棚にあったランプスタンドを磨いていた。よく見ると希林が映画賞を受賞した際のトロフィーだった。そんな大切な物をランプスタンドに加工してしまったのだ。

「こんなことしていいんですか!?」

賞など無縁だった分、声のトーンも高くなる。

自分だったらこんなことは絶対にしない。本棚の一番目立つところに飾り、取材があれば、さりげなく本棚を背にしてトロフィーが写るように撮影してもらうだろう。

「自分の功績を飾っておくなんて趣味悪いわよ」

草生介はランプスタンドを手に取りまじまじと見た。ずっしりとした重さから俳優としての偉大さが伝わってくるが、それを誇示しようとする感じは一切ない。もはやインテリアとして部屋に溶け込んでいる。

「でも、よく見るとセンスがいいですね」

「あんた、センスなんて言葉使うのよしなさいよ」

「は？」

「『センスがいい』なんて言い方は、相手をどう褒めていいかわからないから、センスって言葉で誤魔化してるのよ。ありもので賄う私の創造性をセンスなんて一言で片付けないでくれる」

草生介はスタンドを元の位置にそっと戻した。

希林は、生前使っていたアンティークの机と椅子を提供してくれた。椅子全体が毛皮に覆われている。こんな立派な環境を与えられた以上、書き上げなくてはならない雰囲気になってしまった。

草生介はそこを書斎とし、ノートパソコンを設置した。

椅子に座り辺りを眺めると、何かを作り出す環境としては申し分ないことがわかった。

窓からは苔むした庭が見え、桜の古木や椿の木々が育っている。都会の真ん中にいることを忘れてしまいそうな、禅寺にいるような穏やかさを感じた。

環境は人をその気にさせてくれる。ここに座るだけでなにかいい作品が書けそうな気分に浸れた。

トロフィースタンドの灯りは、草生介を子ども時代に観たホームドラマの世界へと誘《いざな》ってくれた。

もしかして、ここにいたら希林だけでなく、ふらりと向田邦子がやってくるかもしれない。あの名演出家・久世光彦も、あの名優・森繁久彌もつられて顔を出すかもしれない。

一九二〇年代がパリの黄金時代だったとすれば、ホームドラマの黄金時代は一九七〇年代だろう。

ドラマに登場するのは昭和の頑固オヤジ、それを支える妻、そしてオヤジの機嫌に振り回される子どもたちだ。コメディーの中に家族の深層が描かれる。

家族同士の楽しい会話とその裏側に潜むそれぞれの事情。

お互いを熟知しているはずなのに、何かのきっかけで家族の中に見知らぬ他人の顔を見つけてしまう。

脚本家はそれを見逃さず、泣き笑いを描きながら、人間の実相を忍ばせる。

それこそがホームドラマで、草生介が書きたい脚本だ。

そんな夢のような話をあの人たちとできたらどんなに素晴らしいだろう。当時のエピソードを聞けるかもしれない。いや、聞きたいことだらけだ。

もしそんな機会があれば朝まで夢中で語るだろう。

草生介のホームドラマ論を聞いた彼らは、日本のドラマの将来を自分に託すかもしれない。

草生介は高揚感を抑えられずにいた。希林の協力を得れば、台詞は温泉のように湧いてきて、それを書き留めるだけでホームドラマが完成するだろう。

「あんた、早く書きなさいよ、読んであげるから」

「え、一緒に考えてくれるんじゃ？」

「あのさ、それじゃ私の作品になってしまうでしょ」

私は監修するだけ、一文字も書かないわ、と希林は宣言した。

草生介は、「ですよね」と肩をすくめた。期待が蒸発していくのがわかった。

執筆する環境は完璧だが、やはりいくら机に向かっても一向に筆は進まなかった。

持ち込んだ簡易プリンターでプリントアウトして、少しだけ書いた部分を読み返してみたが、ちっとも面白くない。

いくらドラマが好きでもいい脚本を書けないのは、ドラマの良さはインプットできても、それに勝る脚本をアウトプットできないからだ。

作品の良し悪しがわかるのなら評論家の方が向いているのかもしれない。

しかし、草生介には評論するほどの分析力がなかった。

こんなドラマを書きたいという憧れは人一倍あるが、それに勝るものが書けない。そのジレンマにもがくだけの脚本家だった。

……希林と裕也のホームドラマ。この連立方程式に解はあるのだろうか。

設定を変えてみるという手もあるかもしれない。俳優とロックンローラーというリアルに固執し過ぎなのかもしれない。

とはいえ、サラリーマンの家庭、食堂を営む夫婦、医師と妻、弁護士と妻、いろいろな設定に二人を落とし込もうとするが、やはりしっくりこない。型に入れようとしても、二人はすぐに飛び出してしまう。キャラクターが強烈過ぎるのだ。

ドラマを作るためのお約束から逸脱している。普通、夫が奔放な場合、妻は苦労を重ね耐え忍びながら生きている。しかし希林にそういった悲愴感はまったくない。むしろそれを肥やしにでもするかのようにどんどん俳優として活躍を続ける。夫のやることなすことが裏目に出て、妻が成功している場合、夫は嫉妬を繰り返し自暴自棄になるものだが、裕也は希林に無心をしながら自由に生きている。

二人を囲い込むなんて無理なのだ。草生介は途方に暮れた羊飼いの気分で、自分が柵に閉じこもってしまいたかった。

一日中、懸命に何か書いているふりをしながらキーボードを叩くが、それは書いては消すことをリズミカルに繰り返しているに過ぎなかった。情報収集のための検索もするが、気がつくと本来の目的から外れ、ネットの樹海へと迷い込む。その度、自分の知らないことは宇宙の広がり並みにあると実感させられる。

草生介は煮詰まると散歩に出かけた。ズボンの後ろポケットに向田邦子の文庫本を忍ばせ、公園でそれを読む。唯一の幸せは現実逃避だった。

芝生に寝転んで、名作の凪に浸る。何度食べても飽きない老舗の和菓子に舌鼓を打っているような至福の時だった。

例えば、母親の踵《かかと》一つから人生を感じる。ひび割れて硬くなった踵は畳に擦れカサカサと音がする。その描写に、母親はどんな人生を送ってきたのだろうと想像してしまう。たわいもない家族の会話が繰り返されるなか、誰かがふと落ち着きのない表情を見せる。その瞬間、何かが狂い始め、何かが起きそうな気がする。

説明的ではない、何気ない台詞にハッとする。

草生介は短編を何編か読み終えると、両手を上げて伸びをしてゆっくりと息を吐いた。

こんな物語は一生書けないと絶望的になる気持ちを抑えて現実に戻ろう。

帰って、執筆にとりかかるか。

散歩から戻ってもすぐ書く気にはなれず庭で苔いじりをしていると、「あんたさ、いつになったら脚本できるの?」と呆れ顔で言われた。

草生介が聞こえないふりをしていると、「あんたが戻ってくるまで、お昼、待ってたのよ」と出来の悪い息子に言うように言った。

昼食は希林が作ってくれた。ありもので賄った茶色い料理だった。

白米ではなく玄米だ。

「虫も食べない白米より、玄米の方が人間の身体にいいのよ」と資料にあったことをそのまま言った。

付け合わせはいつも自家製の糠漬けと梅干しだ。

食事中、「どんな話にしようと思っているの？」と聞いてきたので、草生介が思い描いている設定を言うと、「そんな予定調和なドラマのために何十人の役者やスタッフが付き合わされるかと思うと気の毒で仕方がないわ」と、その先は聞く耳を持たなかった。

「あんた、そんな発想でよく向田さんが好きだなんて言えるわね」

向田作品の凄さはわかっていても、だからと言って優秀な脚本が書けるわけではない。心を打つ作品に触れると、山の頂を見上げ、いつかあの山に登りたいという志が生まれ、身体からやる気がみなぎってくるのは確かだが、草生介はその山を眺めるだけで生きてきた。

「向田さんを好きな自分が好きなんじゃないの。そんな人、多いのよね」

その通りだった。向田作品を語る自分が好きだったのだ。脚本家になりたいという若者に出会うと、向田作品を観なさい、読みなさいと、勝手に向田邦子の広報マンのように作品を薦めてきた。そして向田作品がいかに素晴らしいかを語ってきた。

ト書き一つとっても素晴らしい。普通なら〈家族がそろって朝食をとっている。〉と書くところを献立まで書いてあり、そこに〈ゆうべのカレーの残り〉とある。朝の光と香りまで漂ってくるト書きだ。

これを激賞することで自分まで優秀になった気でいた。

「まさか、娘さんに邦子なんて名前つけていないでしょうね」

「そんな、まさか……」

希林はもっと人間をよく見なさいと言った。脚本家の都合で物語を進めるのではなく、人の心に潜む恐怖とおかしみを同居させなさいと言った。

まさしくそれらは自分が書きたいものなのだが、いざ書こうとすると、シーンも台詞も浮かばない。ドラマを観て感動できても表現するのは難しいのだ。

希林は「予定調和を捨てた方がいいわね」としみじみ言った。

草生介はこれまで脚本家としてお約束の世界で生きてきた。設定を決め、大体、こんな感じだろと脚本を書いてきた。そのやり方に周りは何も言わなかった。

いいドラマは、誰が書いたのかを知らずに観ても、脚本はあの人のタッチだなと気配を感じる。草生介の書くドラマにはそれがなかった。

いちいち個性を出して自己主張するより、わかりやすい話を心がけてきた。

それを希林は予定調和だと言った。

「平凡だとわかっていても、書く力がないから、書きやすい予定調和を選んでしまうのよね。かといって予定調和に抗って、予定不調和の大作を書こうとすると、空中分解してしまうものよ」

草生介の書くドラマは、善人はどこまでも善人で、悪人はとことん悪人で、最後に悪人が正義に敗れる。予定調和から出て冒険してこなかったのは、視聴者はお約束を望んでいると思っていたからだ。

「あんたも視聴率っていう古い物差しでドラマの良し悪しを決めてきた世代でしょ。視聴率はどれくらい見られたかを表す数字で、どれだけ心を揺さぶられたかという気持ちは数字に出ないのよ。前例に基づいて作ったドラマに視聴者は飽き飽きしているのに、数字がいいとそれを真似てしまう。前例のないものを知恵を絞って作るのがクリエイティブなのにね。視聴者もタチが悪いのよ。映画、漫画、お芝居、本はみんな先払い。だからお客も元を取ろうと一生懸命観るけど、テレビはタダだから言いたい放題なのよね」

なにもそこまで言うことないだろうと思うことを、立板に水を流すように言ってくる。

これまでことなかれ主義でやってきたのだから自業自得とはいえ、ここまで言われて何も言い返せない自分に腹が立つ。希林を言い負かしたり、ドラマ論でやり合ったりするための武器が圧倒的にない。

草生介はひたすら玄米を嚙み続けた。

「あんた、なかなかいい感じじゃない」

希林にそう言われたのは脚本ではなく庭の手入れだった。

執筆に行き詰まると、毛足の長い絨毯を撫ぜるように苔の感触を楽しんでいた。

いくらでも時間はあるので、ネットで苔の育て方を調べ、それを実践した。

午前中に水をやり、苔の周りの雑草を引き抜き、いつも清潔な景観を保つようにする。取り除いた雑草の代わりに腐葉土を撒いた。

苔は一般の植物とは違い、胞子で繁殖する。東京の湿気の多さは苔が生き抜く環境に合っていることを知った。

また苔は保水だけでなく蒸散の作用もあるため、大気の温度や湿度の調整が可能。わずかな栄養で生きられる苔は微生物に腐食されにくいので、吸収した二酸化炭素内の炭素を蓄積したまま地面に泥炭層を形成する……、いつの間にか苔のメカニズムにまで詳しくなっていた。

草生介は、行き詰まると、他のことに逃げる習性がある。テスト勉強中、部屋の模様替えをしたり、アルバムを整理したりして、現実から逃避してきた。一人暮らしの淋しさを紛らわすため、コロコロやシュレッダーに夢中になったのもその表れかもしれない。

それにしても苔の緑には癒される。独自の芳香があり、土の香りと混ざると森の中にいるような気分になる。

苔には空気中の水分や栄養分を表面から吸収する作用がある。また細胞壁には消臭や汚染物質を浄化する働きがあるらしい。どこか希林のようだ。

貯水能力のある苔は土砂の流出、飛散の防止にも役立ち、建造物の保護にも利用されている。

この始末のいいところも希林と似ている。


希林は決してドラマに対してアイデアを言ったりすることはせず、ただ自分の言いたいことを話した。

要は面白い脚本を書けということなのだろうが、具体的にどこがダメかを言ってほしい。それでいて詳しく話を聞こうとすると、資料に書いてあることで十分と言う。

この間もドラマを観ていると「あんた、ドラマを観るのが仕事じゃないでしょ」と小言を言われた。

「これも脚本作りの一環なんですよ」と目を合わさず言った。

「いいドラマを観て感動すると、理解できた自分も才能があるんだと勘違いするのよね」

その言葉に思わず目を合わせ、「僕もそう思います。人の作品を褒めることで自己アピールするのってずるいですよね」と共感をアピールしたが、希林は乗ってこなかった。

「あのね、あんたの心配してるの、私は。そんなことしてたら迷うだけよ」

確かにそうだった。いい作品に出会う度にすぐ感化されてしまい、価値観が揺さぶられ、自分は書きたいことがないと気づかされる。その作品を褒めることで誤魔化し、自分の居場所を作ってしまう。

「そうならないためにはどうすれば……」

希林は少し間を空けて言った。

「無人島にでも住んだら」

なんでこうも希林は自信に満ちているのだろうか。

仕事選びも不動産の目利きもいつも自信が下支えをしている。

『寺内貫太郎一家』という名作ホームドラマがある。

舞台は東京の下町にある石屋。一家の大黒柱である貫太郎は頑固で短気な職人。その周りには和服姿でいつもテキパキ働く妻、子どもたち、住み込みのお手伝いさんがいて、たわいもない日常から物語は始まる。そこで人気を博したのが、希林が演じた貫太郎の母親・寺内きんだった。

そもそもこのドラマは、一クールのみの場つなぎとして誕生したものだった。

ドラマ『時間ですよ』が高視聴率をマークし、局としてはシリーズ化を目論んでいたが、主演の森光子さんのスケジュールが舞台『放浪記』と重なり、シリーズはお預けとなった。

そこで演出家・久世光彦は脚本家の向田邦子とともに急遽、『寺内貫太郎一家』の準備を進めることになった。

久世が希林にどんな役を演じたいか聞いたところ老婆をやりたいと言った。それは台詞が少なくて済むからという理由だった。

森光子の不在を狙って主役の座につこうという野心はなかったのか。

また当時三〇代の希林が、倍以上年配の老け役を演じられると思ったのは、自分の周りの年寄りたちが人生を達観して穏やかになるどころか、年を取ってますます欲深く、見栄をはり、不平不満を平気で口にする、つまり、口の悪い自分と同じだと気がついたからだという。

普通老婆の役を演じるとなると、白髪のかつらをかぶったり、背中に何か入れて腰を丸めてみせたり、老人の佇まいや仕草を真似たりする。希林が目を向けたのはそちらではなく、人間の内面だった。

額面通り老いた女性を演じることに興味はなかったのだ。髪を脱色して、声色を変えて、姿形は老婆に見えるようにしたが、欲深く、なんでもずけずけ言う等身大の自分の気持ちに近い演技を心がけた。

老婆という絵画にぴったりの額縁ではない、違和感のある額縁を用意する感性、勘、本質の捉え方が、寺内きんというキャラクターを生んだ。

この頃から希林は、他に代わりのいない俳優として認められ、自信に満ちていた。

「テレビドラマはね、人間が出ちゃうの。だから気持ちに嘘があっちゃいけないのよ」

そんな積み重ねがドラマの雰囲気、作風を生み出し、時代を駆け抜ける新しさを作り出すのだと言った。

「今の俳優たちに聞かせてやりたいですよね」

草生介がそう言うと、希林は何も言わず、同情するような目で草生介を見た。同調することで居場所を作る自分の悪い癖を見抜かれたようで、草生介は恥ずかしくなった。


「あんた、ホームドラマってどんなものだと思っているの？」

草生介は何も答えられなかった。

「ホームドラマは、日常生活の公開番組なの。現実の世界に普通の家庭などどこにもなく、みんなそれぞれ何かを抱えているでしょ？　そんな実人生と地続きなの」

「人には表と裏があって、善人にも裏があるし、悪人にもひとかけらの優しさがある、ってことですよね」

「わかってるじゃない。だったらなんで書けないのかしらね」

わかっているのではなく、精一杯わかっているふりをしているだけだった。

草生介は思い切って聞いてみた。

「希林さんはなんでそんなに自信があるんですか？」

「自信？　そんなものあったら自分を見失うだけよ」

草生介が一番欲しいものといえば自信だった。

「でも、自信があったから自分を見失わずにこれたんじゃないですか？」

「あんたの言う『自信』っていうのはさ」と前置きし希林は語った。

「テレビ局の派手な雰囲気に慣れ、俳優同士で群れて、バラエティ番組にも出るようになって、その対応にも慣れてきて、人気者の友達も増え、居心地のいい群れの中でいい気になってくる。それを自信と勘違いするの。自分の心の中を、いやしさとか、さもしさが食い始めたなって気づいた時に、その群れから離れないと自分を見失うのよ」

理路整然とそう言ってのけた。

「それより、どれくらい進んだの？」

「は？」

「脚本よ、もううちに来てからかれこれ何日？」と指を折って数え始めた。

「まあ、もう少ししたらお見せしますよ」と誤魔化した。

一応、最後までは書き上げていた。が、とても希林に見せる自信はなかった。

草生介は、希林の言葉を聞き、生活を共にしていれば、いい脚本が書けるようになるだろうと期待していた。だが、門前の小僧はどれだけ門前にいても、経が読めるようにはならなかった。

草生介はたまらず家を飛び出した。いろんなことがむしゃくしゃしてきた。そうだ、こんな時はと、銭湯に行った。すべてを忘れようと湯船に逃げ込んだ。

しかし、湯船に浸かっていても、あれこれつまらないことばかり考えてしまう。

もし生前の希林と仕事をしていたらどんな目にあっていただろう。

草生介は資料にあったエピソードを思い出した。

一九八〇年代、ＣＭプランナーの川崎徹さんは、久世光彦さんのドラマを観て、希林と岸本加世子さんをフジカラープリントのＣＭに起用した。

最初、川崎さんは、希林が写真店の店員で、岸本加世子さんがお客さんという設定でコンテを作成した。しかし、それではドラマを超えられないと設定をひっくり返すことにした。

実は川崎さんは「美しい人はより美しく、そうでない方は……」の続きを考えずに収録にのぞんだ。現場でいくつか台詞を試し、そこで決めようと思っていた。

テイクを重ねるごとに、希林はアドリブを入れ、コンテをどんどん壊していった。

川崎さんは経験上、役者にアドリブを任せるとあまりいい方向にいかないと思っていたが、希林のアドリブはテイクを重ねるごとに面白くなっていった。

そして、希林のアドリブから「それなりに」という台詞が生まれた。

結果、ＣＭは大ヒットし、「それなりに」は流行語にもなった。

監督とタレントが仲良く群れるのではなく、闘いながら作品を作る。どちらかが妥協すれば作品の進化はそこで止まる。だらだら続けていると劣化する。その狭間で最良の落とし所を見つけるといい作品が出来上がる。

その過程をクリエイティブと呼び、その結果を希林は自信と呼ぶのだろう。

周りを見るとみんなこの上なく幸せな顔をして湯船に浸かっている。家に帰ったら、ビールを飲んでスポーツ中継でも観て過ごすのだろう。

好きな時に銭湯に行き、好きなドラマを観て、気ままに生きていけたらどんなにいいだろう。

それにしても気持ちがいい。このまま溶けていなくなりたいと思った。

草生介が銭湯から帰ると、希林が机に向かって何か見ていた。

しまった、プリントした原稿を出しっぱなしにして出かけてしまった。

黙って勝手に読むなんてタチが悪い……、と文句を言っても、机に置きっぱなしのあんたが悪いのよ、と言われそうだ。

時折、目を細め面白がっているようにも見える。

そろそろ読み終えようとしている。希林はラストシーンを気に入ってくれるだろうか。

ラストシーンは草生介なりに自信があった。


がんで闘病している希林だが、一時退院し自宅で療養している。

その夜、希林の容体が悪くなる。家族に見守られる中、裕也が駆けつける。

裕也は希林の手を取り、耳元で言葉をかける。

「アイシテル」

希林はその言葉にゆっくりと頷き、息を引き取る。

散々、いろんなことがあった夫婦だが、最後の言葉は、「オイカネダセ」「メシ」「コノヤロー」「テメー」ではなく「アイシテル」だった。

ここで二人は真の夫婦になる。

どんな悲劇にも最後は一瞬の光が差し込む。それを希林と裕也のホームドラマのラストシーンにした。

希林は脚本を読み終えると草生介に気づいた。

「……どうでした？」

草生介は固唾《かたず》を呑んで希林が何を言うか待っていた。

「あんた、人間観察が下手くそね、ずっと何を見てきたわけ？」

「…………」

「台詞だってどこかで聞いたものばかりだし、面白味に欠けるわ」

「…………」

「あとラストが嫌だわ、嘘くさいし、月並みだし、ホントこういうの嫌い。ありきたりの結末に付き合わされた視聴者が気の毒でならないわ」

希林は原稿を机の上に置いたまま、どこかにプイと行ってしまった。脈のない脚本に救いの言葉や助言をとやかく言っても仕方がない。なかったことにする。それが希林のやり方だった。

希林のダメ出しには、よくもまあ、無駄な言葉を一切使わず人の作品を罵倒できるもんだと感動さえおぼえる。

じゃあ、どんな話を書けばいいいんだ。

草生介は原稿を机の上で整え、そのままゴミ箱に捨てた。今度こそ何を書いたらいいのかわからなくなった。

希林が突然、散歩に行こうと言い出した。

外は木枯らしが吹いていた。慌てて出てきた草生介は、もう一枚羽織ってくればよかったと後悔していたが、希林は平気そうだった。

「死ぬと、寒くないんですか？」

希林はズボンの裾を上げ、ラクダ色の下着を見せた。

「お友達のご主人が亡くなった時にもらったの、このパッチ。前開き、それとカシミヤよ」と、バレリーナのお辞儀みたいなポーズをした。そこにひらひらと落ち葉が舞い、希林の頭の上に落ちた。

その光景が妙におかしく、草生介は声に出して笑った。ははは と笑った息が白かった。

希林は公園のベンチに腰を下ろし、風景を眺めていた。

余裕が服を着て座っているようだ。

この余裕はどこから来るのだろう。

「本物になれないんですよね」

「本物ってなに？」

この世界には本物しか入城を許されない城があって、今、自分はなんとか門をくぐることができた。しかし、このままではすぐに追い出されてしまう。だからどんどん中へと分け入って、本物たちと肩を並べて、本物として生きてゆきたいんです、的なことを熱弁していると、

「本当にそう思ってるの？」と今度は呆れた顔を見せた。

「…………」

「最初は誰も本物なんかじゃないの。みんな本物風を気取って生きてるの。それがバレないように鍛錬していると知らない間に本物になっているのよ」

せせこましい心を覗かれているようだった。

「媚び過ぎると疲れるわよ」

「え、媚びてます？」

「自覚がないのが一番タチ悪いのよ」

草生介がドギマギしていると、「誇りを持ちなさい、あんたと日本はもっと」と膝をポンと叩き、すたすたと歩いていった。希林から見ると、草生介と日本は誇りを持っていないらしい。

希林は公衆トイレの前まで行くと、草生介に向かって手招きした。

草生介が人差し指を鼻に向けると、希林が頷いたので、弾けたように駆け出した。

希林がトイレの扉を開けたので、覗き込むと、いきなり中に押された。バタン、と扉を閉め

られた。

開けようとしたが開かなかった。扉を叩いても応答がなかった。

いきなり何をするんだ。

急に不安になり脂汗が出た。不思議なことに、上からひらひらと落ち葉が舞い、見上げた草生介のおでこに張りついた。その途端、ぐるぐると目が回り立っていられなくなり頭を抱えしゃがみ込んだ。

それから少し時間が経ったような気がする。気を取り直して立ち上がり、扉を押すと、開いた。恐る恐る外に出てみる。希林はいなかった。

草生介は辺りを探した。左右に首を振り探していると、鼻腔にかすかな異臭を感じた。この一帯というより、街中に漂っていた。

希林を探して大通りまでやってきた。行き交う車に目を奪われた。五〇年前のビンテージカーばかり走っていたからだ。スカイラインＧＴ－Ｒ、セリカリフトバック、いすゞ１１７クーペ、フェアレディＺも走っている。子どもの頃憧れた車ばかりだ。

五〇年経った今でも車種が言えた。思えば昭和の男子たちは車の名前をすらすら言えたものだ。

レトロな都バスや、排気ガスをまき散らすトラックも走っている。何台かバイクが通過したが、誰もヘルメットをかぶっていなかった。

その時、草生介の前に一台の車が急停車した。カエルがそのまま車になったような愛くるしいボディ。フランスの名車、シトロエンだった。

運転しているのは希林だった。

「希林さん！」と窓を叩くと、こちらを向いた希林は、「あんた誰？」と言った。

ボケてしまったのか？

「あんたさ、うちのダンナ知ってる？　内田裕也」

「知ってるもなにも、捕獲を手伝う約束したじゃないですか」

いまさら、なにを言い出すのだろう。

「あ、そう。なら役に立ちそうね。じゃあ乗って」

「どこ行くんですか？」

草生介が戸惑っていると、アクセルを踏んで催促した。

「早く乗りなさいよ」

「あ、はい」

草生介が乗るやいなやシトロエンは勢いよく走り出した。

「まったくもう……」と希林はぶつぶつ言っていた。

希林は金髪だった。いつもと肌ツヤが違う。どう見ても若い。ふてぶてしさはいつもと変わらないが。

ここはどこなんだ……。

希林は雑居ビルの前にシトロエンを横付けした。

「二階の事務所であの人が暴れてるから、連れてきてくれない」

「あの人って？」

「裕也よ」

「ぼ、僕がですか？」

「運転してるんだもの、私は行けないでしょ」

草生介が渋っていると遠くの方でサイレンの音がした。

「ほら、早く行かないと、ややこしいことになるわよ」と凄みを利かせて言うので、「わ、わかりました」と草生介は駆け出した。

事務所の前に着くと中から怒鳴り声が聞こえた。

テメー、コノヤロー、ジョウトウダ。

裕也だ。

鼻腔に感じる異臭と裕也の罵声に昭和の熱気を感じた。

サイレンの音が近くなり、赤色灯が見えた。やばい。草生介は中に飛び込んだ。草生介は裕也にしがみつき、無我夢中で連れ出した。

「放せこのヤロー！」

「逃げてください、警察が来ます！」

草生介と裕也は階段を転げ落ち、腰を抜かしたような状態で這いずりながら、車に辿り着いた。希林はドアが閉まるやいなやアクセルを踏み込み、タイヤを軋《きし》ませながら走り出した。草生介がホッとしたのも束の間、今度は車内でケンカが始まった。

裕也が何か言うと、希林は火に油を注ぐように口答えし、裕也はそれに火を放つように言い返した。ハンドルを握りながら罵倒する希林、喚き散らす裕也。草生介はその渦中にいた。とてつもないエネルギーだ。命が燃えている。

「アイツら、外タレばっかに媚びやがって」

「あんたも少しは媚びたらどうなのよ」

「本物かどうかの区別もつかねぇくせに、あんな奴ら、媚びる価値もねぇよ！」

「バレなきゃみんな本物なのよ」

「うるせー」

二人はとめどなく、心置きなく罵り合った。シトロエンは裕也と希林のエネルギーを大炎上させながら走行していた。

つばを飛ばしながらの言い争いは、単なる夫婦喧嘩ではなかった。それは剝《む》き出しの命と命のぶつかり合いだった。

この時、草生介の頭にドラマのタイトルが浮かんだ。灯台に向かって船が進むように、そのタイトルに向かって書いてみようと思った。


気がつくと公衆トイレの前にいた。鼻腔に感じた異臭は消えていた。

時代から放り出された気分だった。

希林はベンチですやすやと寝ていた。白髪が風に揺れていた。

声をかけると目を覚ました。

希林は草生介のおでこを指差した。手をやると落ち葉が張りついていた。


「美味しいわね、これ」

希林はクリームシチューを一口食べてそう言った。

散歩の帰りに魚屋を見つけ、そこでエビ、イカ、ホッキ貝を買った。魚介類はオリーブオイルと刻みニンニクで炒め、仕上げに白ワインで香りをつけた。そして、じゃがいも、玉ねぎ、椎茸、セロリ、パセリを入れてぐつぐつ煮込む。小麦粉でベシャメルソースを作るのではなく、豆乳でコトコトと煮込んだ。豆乳は急激に熱すると分離するので、煮汁に少しずつ入れ馴染ませた。

野菜たちが溶け出し、仕上げにバターを入れるとシチューのような濃度になる。エビの殻やホッキ貝の旨味がほのかなオレンジ色となり、ソースに溶け込んだ。

この料理は何かで見たわけではなく、希林が喜ぶのではと想像の中で生まれたものだった。

「これに合うワインも買ってきました」とボトルを見せると、希林は何か思いついたのか奥の部屋へ行き、少し経って木箱を抱えて現れた。

「これで飲むと美味しいのよ」

箱からヴェネツィアングラスを出した。

グラスは深い鳶《とび》色で、飲み口と脚の部分に金があしらわれていた。

「こんないいグラスで飲むなんて、もったいないです」

「あんたのためじゃないわよ、私が飲みたいの、たまにはこんなので気分出したいじゃない」

希林は嬉しそうに言ってワインを注いだ。

草生介はグラスの細工を眺め優雅な気持ちになった。

思えば、希林との生活は、脚本の執筆を除けばなかなか居心地のいいものだった。

もう何年もこんな暮らしをしているような錯覚にも陥った。

「昔ね、最初で最後の家族旅行をしたことがあるのよ。行き先はヴェネツィア。まあ、予定は大幅に狂ってしまったけどね」

也哉子さんの高校の卒業式に出席するため、希林と裕也はスイスを訪れた。

「旅費は私が出したのよ、あの人の分も」そう言いながら家族旅行の話をしてくれた。

「家族で旅行なんてしたことないものだから、三人ともずっと緊張しっぱなしでね」

緊張を解いたのは裕也のわがままだった。

定番のヴェネツィア観光をする予定が、裕也はいきなり「リド島に行きたい」と言い出した。

リド島はヴェネツィアの南に浮かぶ細長い小島だ。

「俺は、『ベニスに死す』のホテルに泊まるんだ、なんて言い出して、大変だったのよ」

也哉子さんはヴェネツィアのホテルに事情を話しキャンセルし、リド島にあるホテルをなんとか手配した。

「オテル・デ・バンのスイートが取れたのよ」

「オテル・デ・バン」こそ『ベニスに死す』の舞台となった老舗のホテルだった。

シーズンオフだったこともありビーチに面した最高の部屋が取れたという。

「親子水入らず、いい思い出になったんじゃないですか」

「そうはいかないものね」

最高のホテルに泊まれたものの、泳いでもまだ肌寒く、街は閑散としていたという。

翌日、パリに発つことになった。

パリはリド島とは打って変わって街は活気に溢れていた。

「うちの人が興奮しちゃって、べらべらとパリの思い出を語り出したのよ。そしたら、いきなり怒り出したの」

気の無い返事をしていると、それが気に入らないと怒り出したそうだ。

その言い草に希林と也哉子さんが吹き出すと、裕也の怒りをさらにあおってしまったという。

この旅行では裕也への大事な報告があった。

それは也哉子さんの結婚の報告だった。

相手は、本木雅弘さんだ。出会いは六本木の寿司屋、二人を引き合わせたのは気まぐれ裕也だった。

本当は、前日に会う約束をしていたが、裕也はそれを破り、翌日に也哉子さんを寿司屋に呼び出した。その場にたまたま本木さんがいた。その出会いから二人は密かに交際を続け、也哉子さんの高校卒業を待って本木さんはプロポーズした。

結婚の報告はパリの夜に言うつもりだった。初めての家族旅行の最後の夜に相応《ふさわ》しい、おめでたい報告になるはずだったがそうはいかなかった。

その夜、裕也は大いに酔っ払い、二人を思い出の地に連れ回した後、レストランで、一人酔って暴れたという。

「やっぱり暴れちゃいましたか」

「そうなのよ。だから帰りの飛行機で言うことになったのよ」

飛行機がもうすぐ日本に到着という頃、也哉子さんは意を決し、「お父さんに紹介してもらった人と、お付き合いをしています。将来、結婚するかもしれません」と裕也に告げた。

「驚いたでしょう」

「でもシートベルトで固定されてるもんだから、立ち上がることもできなくてね」

希林は噺家《はなしか》が上下《かみしも》を切るようにその時の様子を再現してみせた。

「なんで結婚するんだ？」

「…………」

「まあ、俺にはとやかく言う資格はないけどな……」

「…………」

「でも、なんでそんなこと俺に言うんだ？」

「だって、お父さんだもの」

「……………」

草生介は三人の様子を思い浮かべた。

真剣な娘、うろたえる父親、見守る母親。

そうか、三人は家族だ。紛れもなく夫婦であり親子なんだ。

そう思うと顔がほころんだ。

希林も微笑んだ。そして「もう寝るわ」と席を立った。

語る側の気持ち一つで、散々だったはずの家族旅行が、最高に仲の良い家族の話になった。

まさにホームドラマそのものだ。


翌朝、草生介が悶々としたままパソコンに向かっていると希林がつかつかやってきて、「なんで奥さんに捨てられたの？」と話しかけてきた。

希林は聞いてほしくないことを最悪のタイミングで聞いてくる。

「一度別れて、世間を見たかったんでしょうね。娘も就職して社会に出て、自分だけこのまま主婦として時が過ぎていくのが嫌だったというか……。僕だけが華やかな世界にいるように見えたんでしょうね。脚本家なんて全然派手な仕事じゃないのに」

希林は首を傾げた。

「つまり、主婦から解放されたかった、外に出たかったんですよ」と言うと、「外に出たいならなにも離婚しなくたっていいのにね」と腑に落ちていないようで、「ホントにそれだけ？」と聞いてきた。

「そうですよ、白黒つけたい性格なんです、妻は、あ、元妻は」

草生介は不貞をはたらいたわけでも、酒やギャンブルに溺れたわけでも、暴力を振るったわけでも、生活費を入れなかったわけでもない。

そもそもこちらに非はないのだから、抗うこともできたが草生介は離婚を受け入れた。

一筋縄では語れない紆余曲折を経て、時間をかけてわかり合うのが夫婦で、そこに辿り着けない夫婦は別れる。それだけのことだ。

「あんたの何気ない一言が、奥さんにとっては耐えられないことだった、そんなことだってあるのよ」

「僕は裕也さんと違って、暴言を吐いたこともありませんよ」

「夏の暑い日に、そうめんでも作って、なんて頼んだことない？」

「それくらいは言いますよ。そうめんなんて茹でるだけだし、こっちだってそれくらいは気を遣いますよ」

希林は顔をしかめ、「そういうところよ」と呆れた。

「もう、単純な男って嫌だわ。そうめんはね、お湯を沸かして、その間にネギやら大葉やら刻んだりで手間がかかるの。夏なんて地獄よ、あんた、錦糸卵も付けろなんて言ってないわよね」

「あ、はい」

草生介はそうめんに錦糸卵がないとくどくどと文句を言ったことがある。

しかし、裕也が希林にしてきたことに比べたら、草生介のわがままなど可愛いものだ。凶悪犯とコソ泥くらいの違いがあるはずだ。

「あのね、ドラマの世界で少しはあんたより長く生きている先輩の立場から言わせてもらいますけど、自分の人生とは向き合った方がいいわよ、とくに嫌なことと。一般の人にとっては、不幸なことは思い出しても嫌な思い出でしかないけど、作品を作る人にとっては、それはそれは尊い価値のあるものなの」

脚本となんの関係があるというのだ。

「あんたが、奥さんにこれまでしてきたことを思い出して、それをお話に練り込むの」

「練り込むって、かまぼこじゃないんだから」とふざけてみたが、「何も入ってないって意味では、あんたはちくわぶね」とすぐに言い負かされた。

「あのー、そろそろ仕事したいんですけど」と、この話を終わりにしようとすると、「あんた、いくらもっていかれたの？」と聞いてきた。

「は？」

「別れた時、いくら払ったの？」

今度は金の話か。なんでそんなことにまで興味を持つのだ。

「あんたが悪いことしたわけじゃないから慰謝料ではないのよね……」とブツブツ言っている。一向に立ち去ろうとしない。

「ローンを完済したマンションを渡しました」と口を尖らせ答えた。

「あら、マンションあげたの？　場所はどこ？」

「月島です」

「広さは？」

「3ＬＤＫ！」

「駅から近いの？　確かあそこは有楽町線と大江戸線が走ってたわね」

「駅まで一分のタワーマンションで、駐車場は自走式、マンションは名義を変えた途端、売りに出したそうです。これでいいですか？」

「きっと買った時より高く売れたでしょうね」

「はい。買った時より高く売れたそうですよ。離婚届出してすぐにマンションも売り払って、よっぽど忘れたかったんでしょうね」

草生介は恨み節を言った。

「あんたの住んでたマンションが見たいわ」

「はあっ!?」

人通りの多い場所に行くとマスク姿の人の波が揺れていた。

草生介はマスクを希林に渡した。「なんで?」という顔をされたので、この世の今について簡単に話した。

「私は役者をやってるから、マスクをする意味を考えちゃうのよね」

「自分の予防と相手にうつさない以外あるんですか?」

「もう、これだから二流の脚本家はいやね」とマスク越しに言った。

「疫病を心の底から怖がっている人なのか、世間体を気にしている人なのか、どんな性格なのか考えちゃうのよ」

行政が発表する一日の感染者数について触れると、「あんたはこの数字をどう受け止めてるの?」と聞いてきた。随分、増えたな、減ったなとか……、そう言いかけたが、言うのはやめて、「増える度に、医療機関で働く人は大変だなと感じます」と答えた。

「その無責任な同情、覚えておきなさい。いつか無責任な人間の台詞を書く時、役に立つから」

「…………」

地下鉄への出入口に差し掛かった時、階段で口論している男たちに出くわした。マスクをした男がマスクをしていない男に文句を言っていた。どうやらこのご時世にマスクをしていないことに腹を立てたらしい。

マスクをした男は居丈高にものを言った。マスクをしていない男の仕草が荒っぽくなっていった。口論はどんどんエスカレートしている。

その様子に通行人の中には無関心を装い通り過ぎる者、遠巻きにスマホで撮影する者もいた。

希林はその口論している二人にどんどん近づいて行った。

そしてマスクをしていない男の手を握り、「あなたの怒りは私にはわかるよ」と言った。

いきなりのことにマスクをしていない男はきょとんとした。マスクをした男も啞然としていた。おバアさんに手を握られ、何か言われたら面食らうだろう。

何か緊迫したことに出くわした時に、とっさに自分のできることをする。それが希林なのだ。

草生介は慌てて希林の手を引きその場を去った。

「もう、巻き込まれたらどうするんですか、あんなの放って……」

希林は草生介の言葉を遮り、「みんな同じような不安を抱えて歩いてるのね」と呟いた。

本当は矛先は疫病に向けるべきなのに、みんな淋しさに感染して、そんな自分にいたたまれなくなり諍《いさか》いを起こすのだと言った。

「ねぇ、素敵ってなんで敵と書くか知ってる？」

「はっ？」

「ほら、敵味方の敵と書くでしょ」

「今、雑学クイズやっている場合じゃないでしょ。字を間違えたんじゃ……、わかりませんよ」

「そういうところ、発想が貧相ね」

「答えはなんなんですか？」

「知ってる？　戦時中、街の至る所に『贅沢は敵だ』って看板があったのよ」

「戦時中、そんな看板だらけだったことくらい知ってますよ。『欲しがりません勝つまでは』とか『進め一億火の玉だ』とか」

「『贅沢は敵だ』って看板に『贅沢は素敵だ』なんて付け足すようなユーモア、あんたも持ちなさい」

草生介は、すたすたと先を行く老婆の丸い背中を、見つめていた。

離婚してから初めて月島に来た。希林はマンションを見上げると、駅近で、有楽町まで三駅、駐車場も自走式、隅田川方面の見晴らしは上々など、ブッブツと品定めをし、「これは高く売れたはずよ」と言った。

そんなことを確認しに来たのか。連れてくるんじゃなかった。

「あんた、離婚を切り出されてすぐに財産分与の公正証書を作らされたって文句を言ってたわね」

「そうですよ」

それがどうかしました、という顔をして、口を尖らせた。

「もう、何もわかってないのね。財産っていうのはね、夫婦の時に贈与すると、税金で半分近くもっていかれるの。離婚してから売ると、財産分与ってことで、ほとんど税金は取られないの。それでまず離婚による財産分与ということにして、それから売ったのよ」

「でも、すぐ売ることはないでしょ」

「毎年、固定資産税払わなきゃならないのよ、これからはあんたに頼らず生きていかなきゃならないんだから、それくらいは自由にさせてやりなさいよ。まあ、私だったら、貸して家賃収入で生活するけど、ここだったら……」

と勝手にいくらで貸すかという話をしだしたので無視した。

希林は不動産が好きだった。ドラマの撮影の合間に衣装のままで物件を見に行ったりもした。初めて見る土地や家を、その場の空気を感じ買うか買わないか決めた。子ども時代から養われた表と裏を見る感性、ありもので賄う創造性、面白がることで培った観察力は、俳優業に役に立っただけではなく、不動産購入にも役立った。

生活は家賃収入があれば大丈夫。ケンカをしてドラマをやめても、仕事を干されても食いっぱぐれることはない。不動産は、俳優という仕事にしがみついて生きているわけじゃないと言い張る下支えになった。

草生介は締め切りに遅れたこともなければ、台詞を直されて食ってかかったこともない。それは何か確固たる信念があったからではなく、単にややこしい脚本家と思われたくないという逃げだった。

不動産を持っていたら、強気で仕事をしていただろうか。しかしそんな勇気があったとも思えなかった。

草生介は妻に言われた言葉を思い出していた。

「このまま夫婦でいたら、私がこの先ずっと我慢することになるの。私は残りの人生を我慢して過ごしたくない」

妻にとって夫婦生活は我慢することになっていたのだ。

隅田川の川面はゆっくりと東の方に流れていた。川は止まっているように見えるが、目を凝らすと海のある方へ流れている。

草生介は希林と川縁を歩いていた。

希林は巾着から朝食の残りで作ったおにぎりを取り出し食べた。「あんたも食べる?」と差し出され、ご相伴に与《あずか》った。

遊歩道にビニールシートで覆われた住居がポツンポツンとあった。

ホームレスが日に当たって座っていた。

希林は目を細めて彼らを見た。希林の眼差しは、常に弱い人たちに向けられていた。同情とか憐れみではなく、人としての尊厳に光を当てる眼差しだった。そして、陽だまりのように優しかった。

草生介は口論していたマスクの二人のことを思い出した。

希林の行動は一見、意味などあるのかと思うことばかりだったが、実は人の気持ちに寄り添うものだった。それをさらりとやってのける。まるで希林の無駄のない演技を見ているようだ。

「希林さんが演じる時、心掛けていることはなんですか？」

「役者はまず日常が大事で、どんな人間でも生活をしているのだから、自分が生活を十分にし尽くしていればどんな役が来ても大丈夫です」

希林は毅然として答えた。

「……………」

「飲む、食べる、挨拶するという当たり前のことで人間を表現することができる役者は、脚本にないドラマを生むことができるの」

希林は脚本を見て台詞を覚え、それを喋っているだけではないのだ。

生活の中に自分を入れ込み、演技ではなく日常を演じているのだ。

「まだ、演じたい役、ありました？」

「演じるのはもういいわよ」

草生介は希林が演じる姿をもっと見たいと思った。

まだまだ名作を残しただろう。そのうちの一作でも、自分が脚本を書けたらどんなに素晴らしいだろう……。

あれ？　そんな気持ちが込み上げたことに驚いた。

「あんたのいいところって、ワイドショーのリポーターみたいに、あれこれ聞いてこないところよね」

その夜、希林はリンゴを頬張りながらぽつりと言った。

草生介はリンゴを剝きながら、本当は根掘り葉掘り聞きたいことだらけだと言いたかった。

「ありがとうございます」

「褒めたわけじゃないわよ、あれこれ聞いてこないのは、自分のことを聞かれるのが嫌だからでしょ。リポーターは人にあれこれ聞くけど、自分のことはこれっぽっちも言わないじゃない、それよりはマシってこと」

草生介が自分について語ることはほとんどなかった。自分の話などドラマにもならないつまらないものだと思っていたからだ。

「もし洗いざらい自分のことを話したら、希林さんも話してくれます？」

「何を？」

「どうして離婚しなかったのか」

「交換条件ってことね」

「まあ」

「あんたの話が面白かったら、私も話すわ」

とリンゴをまた一つ摘み、「甘いわね、これ」と頬張った。リンゴは散歩に行った時、八百屋で買ったものだった。

「どんな家庭で育ったの？　そうだ」

希林は何か思い付いたように棚から木箱を取り出した。

「これ、古舘伊知郎さんからもらった麦焼酎」と半分ほど残ったボトルから麦焼酎を注いだ。

「お喋りな方からいただいたお酒だから、飲むと饒舌になるわよ」

「じゃあ、希林さんも」と草生介がグラスを取りに立とうとすると希林は、「私は結構、これをいただいてるんで」と番茶の入った湯飲みに目をやった。

「ねぇ、どんなうちだったの、お金持ち、貧乏？」

「あ、普通の家庭です」

「普通って何よ、もう、そういうところよ、あんたのつまらないとこ」

希林はため息をついた。話し始める前に出端を挫かれてしまった。

草生介の父親は東日本大震災があった年に膵臓《すいぞう》がんで亡くなり、母親は現在、介護付きマンションで暮らしている。家賃や生活費は草生介が負担しているが、訪ねることは滅多になかった。母親には離婚したことも伝えていない。

「家業は何？」

「呉服屋でした」

「あらそうなの」

希林は少し興味を示した。

喋りの達人が贈った焼酎は、草生介の舌を徐々に軽くした。

草生介の家は札幌の街中にある小さな呉服屋だった。

昔、祖父は京都の呉服屋で働いていた。そこで、札幌に行けば着物が飛ぶように売れるという噂を聞き、昭和一〇年、生後間もない父親を連れ一家は札幌へ渡った。

噂の通り着物は売れた。

新天地で必死に頑張ったのは祖母の方だった。「私が気張って、ここまで来たの」が口癖で自分がいかに苦労してきたかを幼い草生介によく話した。

やり手の祖母のおかげで父親は不自由なく育ち、一浪して東京の大学に進んだ。大学野球で長嶋が活躍していた時代だ。そして長嶋が巨人に入団した年に札幌に戻った。

父親は専務になった頃、母親と見合いし結婚した。

そして翌年、草生介が生まれた。

「東京オリンピックの年にあんたが生まれたのね」

「はい」

「そこからでよかったのに」

「…………」

「物語は切り取り方が大事なの、あと構成ね、それがよくないわね」と指摘された。

裕也は也哉子さんとは年に数回しか会わなかったが、一つ一つの出来事には焼き印を押すようなインパクトがあった。

そんな印象に残る思い出はあっただろうか。希林がつまらなそうな顔をしている。草生介は懸命に何か思い出そうとした。

口を衝いて出たのは幼少期の話だった。

商売をやっていると土日は仕事で、父親の休みは木曜だった。

ある時、父親は「明日、学校から帰ったらスキーに行こう」と言った。本当はサラリーマンの家庭のように、日曜日に朝から行きたかったが、それでも草生介は嬉しかった。

父親にパラレルターンができるようになったのを自慢しようと思っていた。

水曜の夜、草生介が用具の手入れをしていると、父親は従業員を連れて帰ってきた。

そして麻雀が始まった。翌日はスキーに行く約束をしたのだから、そんなに長くはやらないだろう。

しかし、夜中、トイレに起きて、茶の間を覗くと、麻雀はまだ続いていた。

もくもくとした煙の中、大人たちがくわえタバコでチーだのポンだの言っている。飲みかけのウィスキーグラス、灰皿の吸い殻、食べ散らかした食器、それらがいかがわしいものに見えた。

牌を掻き回す音が聞こえる度、不安な気持ちになった。

翌朝、目が覚めても続いていた。「行ってきます」の声は牌を混ぜる音にかき消された。

それでも、まだ諦めてはいなかった。一睡もせずにスキーに行くつもりだろうか、午前中には終わらせて二時間くらい仮眠をとるのだろうか。

授業中、時計ばかり見ていた。もう終わったかな、今、寝ている頃かな、もう起きたかな。

草生介は給食の時間の後、お腹が痛いと嘘をつき、一目散に家に帰った。

一時には着く。すぐ出かければ十分、スキーを楽しめる。きっとスキーウェアを着た父親が帰りを待っているだろう。

家に着くと誰もいなかった。車にスキー板を積んでいるのだろうか？　いや、玄関にスキー板はまだある。恐る恐る寝室を覗くと父親は寝ていた。

「嘘だろ……」

不安が的中した。草生介は半ベソをかきながら父をゆすった。

「ねぇ、スキー行くんじゃなかったの」

父親は起きると、眠そうな顔をしてタバコに火をつけた。

「早くしないと日が暮れるよ」

スキー場に着いた時にはもう日が傾いていて、あと三〇分も経てば日が沈む。

父親はスキーをせず車の中で待っていると言った。

人の少ないスキー場、一人リフトに乗りながら、心がちぎれていく感じを味わった。

「今でも冬の夕暮れ時になると、悲しい気持ちが襲ってくるのはあの時の記憶のせいなんですよね」

草生介はしみじみ語った。

「冬の夕暮れ時は、誰だって淋しいものよ」

希林の感想はそれだけだった。

希林は欠伸を噛み殺し、「もう寝るわ」と行ってしまった。

「………」

草生介は希林の代わりに玄米を水に浸し、寝床についた。

いつの間にか草生介は、玄米を美味しく炊けるようになっていた。

「ウチの両親も何度も別居を繰り返していたんです」

指で糠漬けをつまみながら言うと、「あらそうなの？　朝からする話じゃないけど面白そうね」と食いついてきた。

別居の原因は嫁姑問題だった。

草生介の家の場合、祖母の存在が大きかった。呉服屋を切り盛りしてきたのは自分だという自負があり、父親は祖母に頭が上がらなかった。

祖母は母親が留守の時、タンスを覗き新しく買った衣服がないかを改めた。

母親も負けてはおらず、買った洋服を子ども用のタンスに隠して対抗した。

家族でボウリングをした時、母親がストライクを取ろうものなら、「遊んでいる証拠ね」と嫌味を言った。母親は聞こえないふりをして、笑顔でハイタッチしていた。

父親は仲裁役としてまったく役に立たなかった。

祖母には「俺から言っておく」と言うだけ、母親には「右から左に聞き流せ」と言うだけの二枚舌外交を行った。

「母親は家族四人だけで暮らしたかったんですけど、父親はなかなか行動に移さなかったんですよ」

一つ屋根の下に溜まったいざこざはチリも積もって不満となり、母親は草生介を残し、妹を連れて実家に帰ってしまった。

「その時、父親に連れて行かれた映画が『クレイマー、クレイマー』だったんですよ。いまだに意味がわかりませんよ」

それから父親が詫びて母親を連れ戻すが、しばらくすると母親がまた実家に帰るという参勤交代のような生活を繰り返した。

「それで？」

「ん？」

「なんか面白い話はないの？」

えっ、そんなに退屈な話だったのか……。

「そうだ、それから母親は仏教に走るんですよね。いざこざが続くのは信仰心がうんぬんかんぬんとか言って」

「あら、面白そうね」

「うちはキリスト教だったんですけど、勝手に仏教のお墓に建て替えたんですよ」

墓参りに行った時、十字架が彫られていた墓石が、角柱型になっていたことに家族中が度肝を抜かれた。母親は何事もなかったように墓に手を合わせていた。

希林は笑った。

「あんた、その時のことちゃんと覚えてる？　お祖母さんがどんな嫌味を言ったとか」

「うっすらとしか……」

「もったいないわね、脚本家が頭の中で考える物語なんかより、ずっと面白いネタじゃない」

「ホームドラマみたいな家庭じゃなかったんです」

草生介が呟くと希林は吹き出した。

「おめでたいわねー、ドラマみたいな家庭なんてあるわけないじゃない」

笑わせるというより、笑われた。

その日の昼、草生介はピザトーストを焼いた。希林の世代の女性はパンが好きだ。

厚く切った食パンにケチャップと少量のバターを塗る。その上にサラミ、軽く炒めた玉ねぎ、ピーマンを並べる。そこに溶けるチーズを刻んでのせオーブンで焼く。

子どもの頃、母親がよく作ってくれた。まだデリバリーピザなどはなく、こんな美味いものがこの世にあるのかと思った。頬張るとその頃の記憶が蘇った。

また子どもの頃、街のパン屋にはいろいろな創作パンが並んでいた。トレイいっぱいにパンをのせレジに向かうことが、ちょっとした贅沢だった。

「ケチャップにバターを少し混ぜるのがポイントなのね」と希林はあっという間に一枚平らげた。

希林は両親の話を聞きたいと言った。あまり人に自慢できる親ではなかったので、草生介は躊躇した。

「呉服屋を継ぐ気はなかったの？」

「…………」

呉服屋は草生介が高校生の頃潰れていた。

「あまり商売上手なお父さんじゃなかったのね」

「そうなんですよ、キャラクターも中途半端でわかりにくいんですよ」

頑固、短気、酒乱、博打、不貞、男気、人望、尊敬など、父親を表現する単語がなかった。

親父の背中を見て育ったというわけでもなく、人の道を説かれたこともなかった。

「あんた、いつ東京に出てきたの？」

「大学からです」

草生介が上京してすぐ、祖父と祖母が亡くなり、父親は貸ビルを相続した。

「仕送りはもらってなかったの？」

「学費は出してもらいましたけど、後は自分で……」

「そこは褒めるべきところね」

本当は当然もらえるものだと思っていた。もらわなかったのは、貸ビルを相続したとはいえ、
賃料は銀行への返済に消えていたからだ。

周りからは、親の援助も受けずバイトで生活し、脚本家を目指す真面目な青年に見えただろう。だが草生介にはそれなりの計算もあった。

父親がビルを相続してから数年後にバブル景気が始まり、札幌の地価も高騰を続け、ビルの資産価値が何倍にも跳ね上がっていたのだ。

脚本家を数年やっても芽が出なかったら、さっさと実家に帰り、ビルの恩恵に与ろうと思っていた。

しかし、当てが外れた。

娘の邦子が生まれた頃、バブルは崩壊し、父親に金を貸していた銀行は九三四九億円という不良債権を抱えた。

当時の大蔵省は大手銀行を一行たりとも潰さないと約束したが、その銀行が都銀初の経営破綻に陥った。

銀行がなくなり借金だけが残った。

父親はビルを売り、切り抜けようとしたが地価が下落する一方で、利息すら払えず自己破産した。ニュースで見た債務者と同じ末路を父はたどった。

母親は愚痴ばかり口にするようになり、その聞き役は電話口の妻だった。

バブルの後始末として整理回収機構が作られ、不良債権の回収に乗り出した。

そこで思わぬことが待っていた。父親の借金の中に、草生介名義のものがあったのだ。

「知らずに、銀行の書類にサインしていたみたいなんです」

怒りの矛先をどこに向けても解決策はなかった。恐ろしいスピードで返済が迫ってくる。

草生介はひたすら借金返済のためにどんな仕事も受けた。

ワイドショーでは頻繁に闇金融の取り立ての実態を取り上げていた。返済できなければ臓器を売れと催促の電話が来る。そんなニュースを見て、何がなんでもそれには手を出すまいと思った。

ある時、母親から電話が来た。

「なんか変な人たちが来てるのよ！」

変な人は取り立て屋だった。父親は闇金融に手を出していたのだ。

「もう、何やってるんだよ！」

草生介は怒りに震えた。

「絶対にドア開けちゃダメだからね」

「…………」

「も、もしかして？」

母親は取り立て屋を家に上げ、お茶まで出していた。

「面白いじゃない」と希林は目を輝かせた。

「冗談じゃないですよ。その後、闇金のやつらに借金取りになったのは信仰心が薄いせいだって説教したんですよ、母は」

再起をかけ出直そうとしない父親、愚痴しか出てこない母親。

せめて息子にはこれ以上迷惑をかけまいと、質素に暮らすのが親というものだろう。しかし、二人は草生介の仕送りで呑気に生きてきた。

「孫にお年玉あげるから、金をくれなんて言うんですよ」

「それはいい話ね」

同情するどころか楽しんでいる。

「ディズニーさんも、父親には苦労したそうよ」

希林によれば、ウォルト・ディズニーの父親は酷い男で、子どもの頃から労働をさせ、稼いだ金をすべて奪い、暴力まで振るっていたという。

「子どもの時分にできなかったことを全部盛り込んでできたのが、ディズニーランドだったのよ」

その話、今いる?

「今、お母さんはどうしてるの?」

「えっと、施設にいます」

「一緒に暮らさなかったの？」

「まあ、いろいろあって……」

「あんた、独り者なんだから、親子で暮らせばいいじゃない」

母親は機嫌がいい時は、一日に何度も電話してきて、自分は今、いかに幸せにやっているかを話した。カラオケをしたり、何かの講座に参加したり、とにかく今が幸せだと語った。また周りに息子の自慢をして回った。

しかし、愚痴ばかり口にする機嫌の悪い時期が年に何回かあった。

その度に周囲の人とぶつかり、これまでに何度か施設を変わった。

「つい最近も、追い出されたんですよ」

隣の老婦人の部屋に夜な夜な頻繁に出入りして、その家族から苦情が出ていた。そのことを職員に注意されると母親は逆上した。挙げ句、施設側から退去してほしいと言われた。

母親を諭すと、「私は悪くない」の一点張りだった。

父親が亡くなった後、母親の経済的な面倒は草生介が見ていた。世間的には孝行息子を装い、決して冷たい息子ではないと自分にも言い聞かせていた。だが、母親とは一緒に暮らしたくなかった。それが草生介の本音だった。

希林は黙ったままだった。

「ここまで話したので……、思い切って言いますけど」と草生介は言い、母親と妻の関係についても話した。

草生介が離婚したのは、妻と母親の折り合いが良くなかったのも関係している。

草生介は母親のことを妻に押し付けていた。

ある日、妻が壊れてしまった。母親の顔を見ると過呼吸を起こすようになったのだ。

「そんなことだろうと思ったわ。それが離婚につながるのね」

「……………」

希林は黙って何度も頷いた。そして言った。

「あんたがなんで書けないか、わかったわ」

思わず希林を見た。

「自分の生い立ちを面白いと思っていないからなのね」

「…………」

「自分にしか書けない喜怒哀楽を書けばいいのよ。自分の弱さを書きなさい。減るもんじゃないんだから」

「…………」

「私の資料は単なる履歴なの。そこに自分の人生を重ねて脚本にするだけのことよ」

「でも、僕の人生なんて……」

「人生なんて人と比べても仕方がないの。もったいないわ、この運命を面白いと思わないと。どう思われようが平気な顔して生きればいいのよ。傷ついたことも含めて面白がる、それが脚本家ってものよ」

希林は立ち上がって歩き出した。そして、振り向いて言った。

「あんたの両親も、危険なふたりじゃないの」


朝起きると草生介はまず玄関先の掃除を始めた。

苔むした匂いと薄暗い風景が好きだった。

朝は朝らしく、夜は夜らしい気配のある場所だった。

希林は和室でお経を読んでいた。草生介は、その陽だまりのような背中を遠くから見ていた。落ち着き払って自問自答しているような姿だった。

亡くなった人も、生きている人も、ついでだからみんなひっくるめて供養しているのよ、と言った。

朝のおつとめが終わるといつもの希林に戻った。

「散歩にでも行きましょうか」と声が聞こえた。

空は鉛色で風が強かった。庭を通り抜けていった強い風は少しだけ春を含んでいた。

散歩に出かけると、希林はゆっくり歩くようになった。

死後もまだがんを患っているのだろうか。聞いてみると希林は「さあ、どうでしょう」と首を傾げた。

「今度は私が話す番ね」

どうして離婚しなかったのか、ついにその理由を話してくれるのだろうか。

「本当ですか?」

「あんたが生い立ちを話してくれたから、私も話すわ」

希林の気が変わらない内にと、公園のベンチに誘った。

「知ってた?　がんっていうものは自分自身なのよ」

「がんは自分?」

希林は、がんという病気はたった一つの細胞ががん幹細胞に変異することから始まると言った。ウィルスなど外部からの侵入者ががんになるのではないという。

「細胞にも人相っていうのがあって、がんになると顔つきが悪くなるの」

何かのきっかけでグレてしまった細胞が、がんの正体なのだという。

「世間に揉まれている内に人相が悪くなる、私たちが生きている世界と同じね」

そこから自分と、がんというもう一人の自分との闘いが始まる。

「だから、どこまで行っても自分と自分の問題なのよ」

すべては自分から始まり自分で終わるのだという。

少し間があって希林はポツリと言った。

「あの人は提婆《ダイバ》達多《ダッタ》なのよね……」

「提婆達多」

資料にもあった名前だ。お釈迦さまの従兄弟にあたる人物で、子ども時代から何かにつけて二人は比べられ、何をやってもお釈迦さまに敵《かな》わなかった。それゆえ、いつもお釈迦さまにライバル心を抱いていた男だ。

「提婆達多はお釈迦さまの言うことを聞かなくなり、自由奔放に生きるようになって、お釈迦さまに迷惑ばかりかけていたの。だから弟子たちはそんな提婆達多を排除しようとしたんだけど、お釈迦さまは、自分にとって邪魔になるものをすべて悪としてしまったら、そこから何も生まれないと言って守ったのよね」

「つまり、提婆達多は裕也さんでお釈迦さまは希林さん……」

「そう言うと思った？」

「まあ、話の流れ的には……」

「そこが、あんたが二流なところね」

希林は薄く笑って続けた。

「私はね、やりたいことがないのよ」

「……」

「役にしても、人生においてもやりたいことがないのよ」

「でも、たくさん映画に出演してるじゃないですか」

「あれはオファーがあるからよ。演じるのは楽なのよね。前にも言ったでしょ、役者は日常が大事で、生活を十分にし尽くしていればどんな役が来ても大丈夫だって」

「……」

「世間の常識からすると、裕也は存在そのものが常識外れなのよね。でもあの人はやりたいことだらけなのね。自分でそれをロッケンローラーなんて呼んでいたけど、目的が純粋でお金じゃないことを実行に移すのって、それはそれは大変なことなの」

草生介は以前、裕也が離婚届を出した時、希林がリポーターに語った言葉を思い出した。

「主人は社会的にはいろんな不道徳なことを持っています。それを私がかきわけていった時に、

『おー汚いおー汚い』とかきわけていった時に、主人の心の中にきれいな鏡みたいなのがあってそれをかきわけて覗いてみたら、一番汚いものが映っていた。それが……私の姿だったんだと」

裕也はいつも好き勝手していたが、決して人を排除しなかった。希林にとって裕也は、お釈迦さまと提婆達多の二つを持ち合わせた存在だったのだ。

「言っておきますけど、私が離婚しない理由をしみじみ語るようなドラマには絶対にしないでちょうだいよ」

「はあ……」

「あとはあなたにお任せします。苦しむなり悩むなり、お一人で地獄の淵《ふち》をお歩きなさい」

この日から「あんた」ではなく、「あなた」に変わった。


草生介は朝一番で部屋と庭を掃除する。苔の手入れが済んだ辺りで朝食ができる。

食後は、昼まで机に向かう。

昼食後、希林は昼寝、草生介は読書をした後、夜までまた机に向かう。

夕食は交代で作ることにした。希林と過ごすようになってからすっかり茶色い料理ばかり食べるようになった。とにかく健康の秘訣は噛むことにあるらしい。気がついたら体重が少し減っていた。

日に日に春めいてくる速度と歩調を合わせるように脚本も進んだ。

希林には、世間に求められ続ける自分より、やりたいことに純粋に向かう裕也の方が素敵に思えた。そしてそれを支え続けようと決めた。それがこの夫婦の在り方なのだ。

今まで感じたことのない緊張感と法悦に身体が包まれ、何かが生まれそうな予感がした。


ある夜、草生介は一人散歩に出かけた。

あてもなく歩いていると、灯りを見つけた。

灯りは大きな木の扉の上に灯っていた。扉は中世の館にあるようなアーチ形で中央にドアノッカーがある。バーのような佇まいだが、通りすがりの者を受け付けないような重々しさがあった。辺りに看板はなかった。

ゆっくり扉を開けると、ひんやりとした風を感じカビの臭いが鼻腔に入ってきた。

草生介は臭いに誘われるように通路を進んだ。少し行くとカウンターが見えた。

黒のショールを巻いた白髪のマダムと目が合った。

「お一人？」

頷くと、カウンターの端っこの席にコースターを置いた。ここに座りなさいというのだ。

草生介はスツールに腰掛けバックバーを眺めた。かつて特級と呼ばれていた古酒が並んでいた。少なくとも三〇年以上前の酒ばかりだ。

ジョニーウォーカーをロックで頼んだ。マダムは氷の入ったグラスとボトルを置くと、「好きにやって」とタバコに火をつけた。

数人の子どもたちが素っ裸でおしっこする姿のジャケットだった。

マダムはレコードの棚から一枚取り出し、針を落とした。

スピーカーからけたたましいロックが流れた。

マダムは目を瞑りながら身体を揺らしていた。指に挟んだタバコから煙がゆらゆらと立ち上った。

この脚本に関わり始めた頃、草生介は裕也に対し強い反発を抱いていた。

家庭を顧みず、すぐに別居しておきながら無心を繰り返し、娘とは年に数回しか会わず、会うと怒りをぶつけた。そんな生き方に共感などできなかった。

だが、裕也は、直感的な嗅覚でやりたいことを貫くことでロックンローラーを続けた。

いつも大負けしながらも、裕也は自分を晒け出した。

その魅力に引き寄せられるように慕う者は多くいた。

タバコの匂い、枯葉の香りがするウィスキー。レコードから流れる甲高いギターの音を聴きながら、草生介は裕也がこの世に残した未練について考えていた。きっと、草生介には理解できない熱いものなのだろう。

気がつくといつの間にか曲は終わり、レコード針は奥の溝のところでループしていた。

「帰んな、あんたたちに飲ませる酒なんかないわよ」

入口の方でマダムが声を荒らげていた。

「そこをなんとか、一杯だけ飲ませてくれませんか」

冷静な口調の男の声が聞こえた。

「なあ、あんちゃんの顔を立ててくれよ」

もう一人いる。野太い声だ。

「あんたたちがいると、こっちに迷惑がかかるんだからね」

マダムは二人の男を追い返そうとしている。

草生介が仲裁に入ろうかと腰を上げた時、マダムは舌打ちし、「仕方ないね、本当に一杯だけだからね」と言った。

足音と共に男たちが店に入ってきた。

カウンターの真ん中に座った男たちをチラリと眺めた。

草生介は息が止まった。

サングラスをした白髪鬼がいる。

裕也だ。

「あんちゃん、何飲みます？」

もう一人のガタイのいいオールバックの男は安岡力也だった。

力也は、裕也が四〇年以上にわたり弟のように可愛がってきた男だ。共演した映画も多く、年越しライブの主軸メンバーでもあった。力也はボディガードのような振る舞いを見せるが、お互い心の支えのような関係で、力也は裕也を「あんちゃん」と呼び、心から慕っていた。

あの世を脱走してきた裕也が力也を従えて今目の前にいる。

裕也はバックバーには目もくれず、「バーボンをストレートでいただけますか」と静かに言った。

マダムはストレートグラスとバーボンボトルを乱暴に置いた。

力也は、すかさずグラスにバーボンを注ぎ、一つを裕也に差し出した。

草生介は手に大量の汗をかいていた。ここで会ったが百年目ではあるが、このまま裕也を捕獲するのは危険すぎる。

どうすればいいのか、草生介は思案した。

マダムは棚から一枚レコードを選び、針を落とした。

どこかで聴いたことのあるクラシック曲が流れたが、鑑賞するどころではない。すぐ横に探していた危険生物がいるのだから。

「あんちゃん、そろそろ戻らないとやばいですよ」

「ガタガタ言うんじゃねぇ」

「あのガキには随分、難題ふっかけられましたね」

「でもな、俺はわかったんだよ」

「あんちゃん、本当かい？」

「ああ」

力也は破顔し、裕也の手を握った。

「で、何なんですか？」

「マゴコロだと思うんだ」

裕也のその言葉に、力也は大きく頷き、「そうだったのか、俺にはそんな発想はなかったぜ……」とただただ感心した。

「やっぱりマゴコロだよ、そうじゃないと俺は死んでも死にきれないんだよ」

「あんちゃん、これで未練はなくなるじゃないですか」

「ああ、マゴコロしかねぇんだよ！」

裕也はバーボンを飲み干し、グラスを強く置いた。

草生介の心臓は早鐘を打った。

今、自分の隣で、裕也が未練について話している。

機嫌がいいかもしれないがいつ変わるともしれない。裕也の機嫌は山の天候より変わりやすいのだ。

ここは一旦店を出て、希林にこのことを報告した方がいい。希林の家には確か結束バンドがあったはずだ。


草生介がこっそり財布を取り出そうとした時、「お一人ですか」と声をかけられた。

裕也がこちらに向かって言っている。

「……はい」

心臓が飛び出しそうだった。

「一杯奢《おご》らせてください。マダム、いいだろ」

マダムは無言で草生介の前にストレートグラスを置いた。

力也がボトルを片手に、短い距離を肩で風を切ってやってきた。草生介は立ち上がり、両手でグラスを差し出した。

「あ、ありがとうございます」

力也は、「フン」と笑いバーボンを注いだ。

草生介は忠誠を誓う家来のように頭を下げ、一気に飲み干した。

「うへっ……」

アルコールのキツさに身体がよろけてしまい、ぶつかった拍子に裕也の杖が倒れた。

「あ、あ、すみません」

草生介は素早く拾って、王様に仕える家来のように差し出した。持ち手がドクロになっていた。

裕也は杖を受け取ると、「これ、ロッケンロールウェポンです。よろしくカンパイ」と杖を突き出した。

空になったグラスに力也が即座にまたバーボンを注いだので、草生介はむせながら一口、二口と飲んだ。

よし、これを飲み干して店を出ようと、残りに口をつけた時、裕也に「お兄さんは、クリエイティブ関係の方ですか」と話しかけられた。

「……はあ、まあ」

身を捩《よじ》らせ答える。

「いいですね、クリエーターですか」と穏やかに言った。

力也がまた黙って草生介のグラスにバーボンを注ぐ。

この怪奇的な現象に仰天したり怖がったりする余裕がないほど、裕也の周りには独特の緊張感がある。希林が現れた時もそうだった。突然、目の前に現れた幽霊に驚く間もなく、希林の持つ引力に吸い寄せられた。

草生介は勇気を出して話しかけた。

「裕也さんですか？」

「オイ」

力也は気安く話しかけるなという顔を向けた。

裕也は「黙ってろ」と力也を制した。

「マイ・ネーム・イズ・ユーヤ・ウチダ、バット・イッツ・マイ・ニックネーム」

裕也はそう言ってこちらを凝視した。

「あ、私は脚本家をしている三林草生介といいます」

草生介は深々と頭を下げた。

裕也は人差し指で宙を指し、「この曲、ご存知ですか？」と言った。

草生介は首を傾げた。

「マーラーのアダージェットです。『ベニスに死す』のテーマ曲です」

そうだ、希林の家で観た映画で流れていた曲だ。

「映画は観ましたか?」

草生介は頷き、「ビスコンティの名作ですね」と答えた。

「あの映画の舞台になった、オテル・デ・バンに泊まったことがあるんです」

裕也は、以前、希林が話してくれた初めての家族旅行の話をしようとしている。

裕也は、「あそこに家族で泊まったんです」と静かに続けた。

「俺たちファミリーの初めての家族旅行、娘の也哉子がどうしてもリド島に行きたいなんて言うもんだから、俺も気合いを入れて連れて行ってやったんです」

「そうでしたか」

希林の話では、ヴェネツィアに行くはずが、いきなり裕也がわがままを言い出したので、也哉子さんがやっとの思いで手配したことになっている。

オフシーズンだったこともあり、たまたま部屋に空きがあったのだ。

期せずして、家族はビーチに面した最高の部屋に案内された。

「バーに行くと、地元のアーティストが俺たちのために歌を歌ってくれたんです。なんの曲だかわかりますか?」

「いや、想像もできませんが……」

「『ゴッドファーザー・愛のテーマ』です。俺のことマフィアとでも思ったんでしょうか？」

と微笑んだ。

「……どうでしょう」と草生介は小さな声で言い、首を傾げた。

力也はグラスを眺めながら聞いていた。

すると裕也は「おい、てめー」と空いたグラスを指差した。

力也は慌てて、草生介のグラスにバーボンを注いだ。

「あ、ありがとうございます」

草生介は、力也に申し訳なく思い、頭を下げた。

それと同時に、裕也の気遣いに感心した。

「その翌日、パリへ発ったんです」

裕也は活気づいた瞳で昨日のことのように語った。

「タクシーでシャンゼリゼ通りを走りながら、パリの思い出を也哉子に語ってやりました。あいつはうっとりした顔で聞いてました」

希林の話だと、あまりにも気のない相槌を繰り返したので、裕也は怒り出したことになっている。

「最高にハッピーな思い出です」

「そうですね」

「パリは俺が七〇年代に放浪した街でもあり、映画の撮影をした街でもあるんです」

「『ラン・フォー・パリ』ですね」

草生介がそう言うと裕也はウィンクし、「あんなマイナーな映画、よくご存知で」と嬉しそうに言った。

草生介は資料を隈なく読んでおいて本当に良かったと思った。

「活気に溢れるパリの街を裕也さんが走り続けるんですよね」

「8ミリカメラに俺を追っかけさせて、パリ中走り回りました。夢中で走りました。そして、小さなカフェに入って、ギャルソンにこう言うんです」

裕也は草生介に向かって言った。

「un amour, s'il vous plaît（愛を一つください）」

草生介はなんだか痺れた。

あまりにもカッコ良かった。

旅の終わりの機内で、也哉子さんは裕也に結婚の報告をすることになる。

草生介には、裕也の「愛を一つください」が娘への祝福の言葉に聞こえた。

希林は初めての家族旅行を面白おかしく語った。裕也は同じ話をロマンチックに語った。人生に起きたエピソードはその人のアングルによって、どんな話にも変化させられる。創作の原点はここにある。

希林は言った。

「自分の人生を面白がりなさい」

その意味が身体にスーッと溶けていった。

「この世界は、相変わらず生きづらいですか？」

「ええ、まあ……」

「権力側に都合のいいインフォメーションにウンザリすることも多いでしょうが、自分を晒け出して闘ってください。クリエーターはグラディエーターですから」

「はい」

自分を晒け出す時、そこには面白いという信念がなければいけない。

裕也は自ら企画し主演した映画『十階のモスキート』で、自分のカッコ悪さをスクリーンに晒け出した。

一人の警察官が転落していく過程を自分と重ね合わせ描いた。

別れた妻に散々なじられて、「俺だって人間だ」とキレる。慰謝料、養育費、飲み屋のツケ、ギャンブルの借金に追われ、精神が崩壊していく。

裕也は自分の叫びを映画にぶつけていた。

裕也は黙ったままの草生介に言った。

「何か、言いたいことでも？」

このまま何も言わず裕也の前から立ち去ったら、こいつは偽物のクリエーターだというレッテルを貼られるだろう。

これまで草生介は、渋い顔をしたプロデューサーに、ネットで炎上するから、クレームがスポンサーに直接行くからと言われると、それに従って脚本を直してきた。それでメッセージが弱くなっても、闘わないできた。見て見ぬ振りをして保たれる日常を、平和と呼んでいた。

しかし、裕也はカッコ悪いことに対して、クリエーターとして異を唱えてきた。

希林は自分の人生を面白がって生き抜いた。

金のために音楽をやっているわけではないと言い切るロックンローラーと、芝居のために生きているわけではないと言い張れる女優。

そんな危険なふたりのホームドラマを書けるのだ。

今、闘わずしてどうする。グラディエーターにならなくてどうする。

「僕……、いや俺、ドラマを書いてます。今、あるとても危険なふたりのホームドラマを書いてます」

気がつくと草生介は喋り出していた。

「初めはこんな二人のホームドラマなんて書けないと思いました。だって火花を散らすくらいケンカばかりしてる二人なんです。でも、いつも真剣だってことに気づいたんです。宇宙規模で真剣なんです。誰かの都合で作られた嘘くさい秩序を許さない。媚びない。自分を晒け出して立ち向かっている。そんな危険なふたりのホームドラマを今、書いてます」そう言いながら震えていた。

裕也は黙って聞いていた。震えが止まらない草生介は、力也からボトルを奪い取り、手酌でグラスに注いで一気に飲んだ。

「その危険なふたりはカッコいいですか?」

「はい、最高に」

震えがピタリと止まった。

その言葉に裕也は微笑んだ。

「やっぱり僕も真心が大事だと思います」

「お兄さんもそう思いますか」

「はい」

真心を込めて答えた。

「世の中がひっくり返るようないい作品を書いてください。ロッケンロール」

そう言って裕也は店を出て行った。

力也は慌ててその後を追いかけながら、草生介に向かってウィンクを一つした。


その晩、草生介は夢を見た。

薄墨色の闇にぼんやりと月が浮かんでいた。

夢の中で草生介は着物姿だった。

どうやら集めた金をどこかに落としてしまったようで、途方に暮れて橋の上に立っていた。

草生介が身投げしようとした時、誰かに声をかけられた。振り向くと夜風に白髪をなびかせ裕也が立っていた。継《つ》ぎ接《は》ぎだらけの女物の着物を羽織っていた。

「お兄さん、待った！」

草生介が橋の手すりに足を掛けようとすると、裕也に羽交い締めにされた。

「放っておいてください」

「いや、死なせねぇ」

男同士で縺《もつ》れ合い、組んず解《ほぐ》れつしている内に、裕也が尻餅をついた。それと同時に草生介もその場にへたり込んだ。

見上げると大きな月が出ていた。

草生介が訳を話すと裕也は懐から巾着を出し、「ここに五〇両の金がある。これをお前さんにくれてやる」と草生介に持たせた。

「結構です」

草生介が返すと、「これは娘の也哉子を吉原から連れて帰るための金だが、命には代えられねぇ」裕也は強引に懐に押し込んだ。

「そんな大事なお金、受け取るわけにはいきません」

「ロッケンローラーが一度、渡した金を受け取れるかよ」と凄みのある声で言い、その場を走って去っていった。

その後ろ姿を見送ったところで、草生介は夢から醒めた。まだ外は暗かった。

裕也の怒りは、希林への嫉妬だったり、ブームの外にいることの悔しさだと思っていた。だが、それはまったく草生介の思い違いだった。

裕也がいつも暴れていたのは、誰に対しても無関心でいられなかったからだ。隣のこと、遠くのこと、すべて自分のことのように真面目に向き合った。裕也に他人事は存在しない。裕也にとってそれがロックンロールなのだ。

まだ今のような音楽フェスがなかった頃、裕也はロックイベントを五〇以上も作り上げていた。それは自分が着飾るためでも私腹を肥やすためでもなく、若いアーティストを世に出すためだった。

そして、希林の稼いだ金は裕也の大義を貫くために投入された。

お金には種類がある。

好きなことで稼いだお金と、生活するために働いて稼いだお金。

草生介の財布には、後者のお金しか入っていない。

仕事を選ぶ時、誰もが優先順位をつける。金額、恩義、関係性、価値観、どこに重きを置きお金を稼ぐかで人生も変わる。

稼ぎ方を変えるには覚悟と勇気が要る。

次々とヒットを飛ばすミュージシャンも、最初は好きだから歌っているのが、いつしか自分を支えているバンドのメンバーやスタッフのために歌うようになる。そして心のどこかでもがいている。

裕也のお金の色は美しい。草生介はそう思った。

希林は常に面白いことを選び、裕也は人のやっていない未知の領域を突き進んだ。

幸か不幸か、常にお金を生んできたのは希林だった。

そして希林は裕也のピュアさにお金を出したのだ。

もし裕也が私利私欲に走る偽物だったら、希林はとっくに三行半《みくだりはん》を突きつけていただろう。

自分にとって「家族のために働くこと」が大義だと思ってきたが、それは家族を想ってのことではなく、自分にはやりたいことを貫く自信がなかったからだ。そんなことを考えながら、

草生介は再び眠りに落ちた。

翌日、希林に裕也と遭遇したことを話した。「なんで捕まえなかったの」と小言を言うと思ったが、「それはご苦労様でした」と頭を下げた。

「やっぱり真心じゃないと、未練は消えないと言ってました」

「あ、そう、じゃあ、そろそろここに来るわね」

「ここ？」

「それより早く脚本仕上げないと、もうお別れが近いわよ」

この脚本を最初に希林に読んでもらいたい。初めて心からそう思った。

「私の顔色なんて窺わなくていいから、とにかくいいものを作ることに夢中になりなさい」

草生介は、洗剤水に綿棒を浸し、キーボードに付いた汚れを落とした。パソコンのモニターに付いた塵を毛ブラシで丁寧に払う。そして、机を水拭きした。

脚本に取り掛かる前の儀式を済ませ、ゆっくりとパソコンの起動ボタンを押した。

ブオ〜ンという低い音と共に自分の心も起動させた。

時系列に並べて書くだけではホームドラマにはならない。

御園に脚本を見せた時、「俺が観たいのは、日常にある人間味、滑稽さ、愚かさ、妬み嫉みのリアリティ、生活の営みに潜んでいる喜怒哀楽、淋しさを引き出したホームドラマだ」と言われた。

草生介はこれまで自分の生い立ちを面白がれずに来た。希林に生い立ちを聞かれるまで心の奥に放ったらかしていた。父親のこと、母親のこと、妻のことと向き合うふりしかしなかった。

傷つくことから距離をとっていた。

そんな脚本家にホームドラマが書けるわけがない。

資料の気になる箇所に線を引く。考え方を変えてみるのだ。鵜呑みにした事柄を疑ってみる。

理解できなかった部分を肯定してみる。

資料からは完璧にしか見えない希林の心の、揺れや迷いを探す。

薬剤師を目指していたが骨折して受験を断念。その後、文学座に応募したとあるが、これは偶然の出来事なのか。進路に迷っていたのかもしれない。父親に逆らえなかったのかもしれない。もしかしたら本当はずっと俳優になりたかったのかもしれない。

裕也はいつも未知の世界へ進み続けた。希林は裕也のそんな無軌道さに憧れた。

しかし、運命の女神はいつも裕也ではなく希林の方に微笑んだ。

この時、嫉妬という溝ができかけたが、溝を埋め続けたのは希林だった。

也哉子さんが生まれた時、裕也は最初「美子」と名付けようとした。その時、語呂が悪いからと却下したが、希林はどうしても裕也の一文字を娘に付けたかったのだ。

二人が出会った時、裕也は希林に「俺と付き合った女は、みんな俺から逃げていくんだ」とポツリと言った。

裕也が吐いた愚痴を希林は覚悟を決めて飲み込んだ。そして、私だけは逃げないと誓った。

だから希林は別れなかったのだ。

人生を賭けて誓いを守り通した。これが希林の愛なんだ。

脚本家はインプットした事象を、心象を交え脚本としてアウトプットするのが仕事だ。

二人の危険なエピソードを集めた資料に書いてあるのは、常識と非常識、好きと嫌い、勝ちと負け、幸せと不幸といったわかりやすい二極ではなく、二律背反しながら生きる人間の姿だった。

また自分の人生で起きた出来事、妬み、傷、淋しさは創作するための貴重な資源だと感じた。草生介はこの数日、ドラマや本を見なかった。いい作品を見て感動しても、創作する面白さに勝るものはないからだ。

この二人にはどんなラストシーンがふさわしいのだろう。

このドラマの二人は草生介をどんなラストへと導いてくれるだろう。

夕食の後、希林は「少し話をしましょうか」と言った。

和室に招かれ、枯れた蓮のふすまを背に希林はお茶を点《た》ててくれた。器を覗くと、抹茶の泡が夜空のように広がり、そうでない部分は三日月のように見えた。

「どうぞ召し上がれ」

素朴な器に入った抹茶を数回に分けてゆっくりと飲み、最後は音を立てて飲み干した。

その後、飲み口を指で拭い、指をハンカチで拭き、器を返した。

「ごちそうさまでした」

「お粗末さまでした」

お互い頭を下げ、目を合わせ、また頭を下げた。

「もうお別れが近いことだし、今日は話をしましょう」

「でも、まだ脚本が……」

「まあ、それはそれとして」

希林と今生の別れが迫っている。

何か言い残したことはないか、聞いておきたいことはないか。


気がつくと家族の話をしていた。希林に聞いてほしかったのだ。

父親は金儲けの才能は一切なかった。誰かが出世したり、資産が増えたという話に興味はなかった。落語とタンゴが好きだった。

叔母が、麻雀や競馬ばかりしている叔父にカリカリしている時、父親は「あの人は中国語の勉強とお馬の運動会に行っているだけだよ」と言った。何かが解決したわけではないが、少しだけ叔母が柔和な顔を見せたのを覚えている。

巨人阪神戦を見ていた時、父親は阪神ファンの友人に電話をかけ、「うちのテレビは巨人が勝っているけど、お前んちはどうだ?」とからかったりした。父親なりに、事業で失敗した友人を励まそうとしたのだ。

父親のユーモアは、何かの役に立つわけではないが、機転が利いていて、硬直した状況を打ち破るぬくもりと知性があった。

父親は落語の滑稽噺《こっけいばなし》に登場する、身上を潰してしまう若旦那のように頼りなかった。

商売人としての野望、意地、プライドなどもなかった。

しかし、誰かを出し抜いたり、蹴落としたりする人生とは無縁だった。

がんと診断されても、まだまだ生きたいと病と闘ったりせず、神にすがることもせず、運命を受け入れ、静かに息を引き取った。

「ほとんど親子の会話なんてありませんでしたけど、父親の入院中、何かしたくなって、毎日、落語のＣＤを届けたんです。今日は志ん生にしようか、明日は三平だとか、それが楽しくて仕方がなかったんです」

希林は黙って聞いていた。

草生介は続けた。ズボンの綻《ほころ》びを隠すのではなく、堂々と見せるように話をした。

母親は世話好きだった。雪にタイヤがはまって動けない車を見かけると、見知らぬ人でも放ってはおけず、真っ先にスコップを持って駆け寄った。

きっと母親は人が集まる所が好きだったのだと思う。お寺に通ったのはそんな雰囲気が楽しかったのだろう。

「前に母親が施設を追い出された話をしたと思うんですが、あれ、僕が悪いんです……」

母親が夜な夜な老婦人の部屋に出入りしたのは、老婦人の布団がはだけていないか、ちゃんと眠れているか心配で見に行っていたからだった。母親はそう訴えたのだが、草生介は母親の汚名をそそぐことはしなかった。

「あの時、なんで味方になってあげられなかったんだろう」

今思えば後悔することばかりだ。

希林は言った。家族も上手くやろうとすると苦しくなる。

だから、上手くやろうではなく、助け合うくらいでいい。

助け合えば、相手とわかり合うことができる。

「親は尊敬される人間じゃなきゃいけないなんて、背負わせ過ぎね。親だって初めて親になったのよ」

草生介は希林の言葉を噛み締めていた。

「人を許すとか許さないとか、人を変えようだなんて、おこがましいことよ。要はすべての出来事をどの角度から見るかなのよね。家族は一つ屋根の下で暮らすべきだっていうなら、私たち家族だって地球っていう一つ屋根の下で暮らしていたのよ」

「…………」

「死ぬってことは誰かの心の中で生き続けることなのね。死んでみてつくづくそう思うわ。あなたの中でお父さんも私も生かされている」

草生介は頷いた。

「どう、面白いホームドラマになりそう？」

「はい」

「家族って素敵なものよ。たとえそれが他人の家族の話であったとしてもね」

そう言って希林は優しい笑顔を見せた。

窓の外を見ると雨が降っていた。久しぶりの降雨は庭を色鮮やかな苔色に染めていた。

「家族の写真はあるの？」

草生介はスマホを取り出し、妻と娘を見せた。

「これが妻で、こっちが娘の邦子です」

草生介のしまったという顔を見て希林は笑った。

「面白いじゃない。それでいいのよ」

「ずっと聞きたかったことがあるんですけど」

「なに？」

「裕也さんがお孫さんに怒っている写真があるんですが、あれは何に怒っているんですか？」

草生介が掃除する度に気になっていた写真だ。希林は一番のお気に入りだと言ったが、草生介には、裕也が子どもに対してもキレている最悪な写真にしか見えなかった。

「ああ、あれね。あれはね」

希林が言いかけたところで、外で誰かが叫ぶ声がした。


「コノヤロー、開けろ！」

裕也の声だ。

「遂に現れたわね」

希林は玄関の方向を見て、毅然と言った。

もしかして裕也は未練を晴らせず、それでむしゃくしゃして酔っ払ってここに来たのかもしれない。

「どうしましょう？　無視しましょうか」

「ご近所の迷惑にもなるし、あなた、早く家に入れちゃって」

「ええっ、僕がですか？」

「そうよ、知り合いになったんでしょ」

「…………」

戸を叩く音が激しくなってくる。草生介が玄関に行き、覚悟を決めてドアを開けると、なだれ込むように裕也が入ってきた。タックルしようとしたが、裕也がするりとかわしたので、草生介は勢いあまって、足がもつれ、その場に倒れた。

「おっ、クリエーターのお兄さん」と裕也が手を差し伸べた。

「ど、どうも」と草生介は手を摑み立ち上がる。

草生介の前に裕也がいる。こんな間近で裕也を見るとは思わなかった。

裕也は酔っていなかった。

「わかったんだよ」

裕也はそう言うと立ち上がり、杖を振り回し、家の中に入った。

「逃げてください」

草生介は希林に向かって叫び、裕也の後を追った。

希林は腕組みしながら黙って裕也を見ていた。

裕也が希林に近づいた。草生介が再び裕也にタックルしようと思った時、裕也は写真立てを手に取り、写真を取り出した。

「答えがわかったぞ。答えはマゴコロだ！」

裕也は写真に向かってそう言った。

そして写真の裏を見た。

「ほら、当たったぜ、ロッケンロール!!」

裕也は大喜びして、写真を草生介に見せた。

そこにはミミズがはったような、いかにも子どもの字で、こう書かれていた。

犬のコロに子どもが生まれ、
ココロと名づけました。
その後、ココロにも子どもができました。
ココロの子どもの名前　な～んだ？
正解はマゴコロ。

「遂に、孫のクリエイションに正解を出しました」

裕也は草生介に向かってウィンクした。

「孫がね、なぞなぞを出したんだけど、答えがわからなくて、孫が教えようとしたら、『絶対、答えを言うな』って意地を張ったんだけど答えがわからないままだったのよ。それがこの人の未練だったの」

希林は迷惑そうに言ったが目は嬉しそうだった。

「……そうだったのか」

草生介は声をあげ笑いながら、この上なく幸せな気持ちになった。

裕也の未練が消えたので、「そろそろお暇《いとま》します」と希林が言った。


二人があの世へと戻る朝が来た。

この家ともお別れだ。草生介は朝から掃除をした。

希林の寝室に『ジンガロ』という舞台のチラシが額装して飾られている。フランスの騎馬劇団、馬と人が演じる騎馬オペラとも言われている。そこに希林が寄稿した文章がある。

その文章を読むのを日課にしていた。

文章は希林の俳優としての生き方そのものだった。

虚飾なく観客に媚びず威張らず
もの凄いサーカスを
あたりまえの感じで演じてしまう
そこに動く俳優たちが馬たちが
毎日をいかに燃やして生きているのか

何かを観せるのではなく　その燃やした炎で
見物人の魂を鎮めてしまう
美によって神に到達する道が
もっとも望ましい
バルタバスはその道を
心をこめて歩きつづけている

日常を生きる観客の不安を一瞬でも取り除くために演じる。

希林にとってそれは賞賛より大切なことなのだ。

希林は帰る間際になってもストッキングの塊でそこら中を拭いていた。草生介が手伝っていると、裕也が写真を撮ろうと言った。

草生介のスマホで自撮りをした。

裕也は杖をかかげ、希林はストッキングの塊を持ったままポーズをとった。

遂に別れの時が来た。

希林はそっと草生介を抱きしめた。この偉大な人はこんな小さな人だったのか。

「脚本は完成しなかったわね、楽しみにしていたのに」

「すみません」

「締め切りに遅れるなんて本物っぽくなってきたじゃない」

脚本は間に合わなかったがタイトルは決まっている。それを希林に言うか迷ったが、言わないでおいた。

「お兄さんのおかげで、なぞなぞの答えがわかりました。感謝してます」

白いジャージの上下、スパイダーサングラス、白髪のロン毛、外見はダークヒーローだが、心はジェントルマンだ。

「裕也さんは気遣いの人ですね」

「気遣いができなくなったら、ロッケンローラーは終わりです」

別れ際、希林は言った。

「あなたはね、私と話したのではなくて、自分の孤独と対話したの。思考には孤独が必要なの。でもね、世の中には自分自身と一緒にいられない人がいるのね、そんな人は淋しくて淋しくてたまらないの。世の中がおかしくなるのは、そんな淋しい人同士が群れる時なのよね」

そんな人たちに捧げるように役者は演じるのだと、付け加えた。

二人はゆっくり朝日のあたる家を背に歩き出した。

寄り添いながら歩く二人の後ろ姿は、草生介がこれまで観たどんなホームドラマより美しい夫婦の背中だった。

草生介はその背中に向かってタイトルを呟いた。

「危険なふたり」

第四章　危険なふたり

脚本を待っていますと奈木から電話があったのは、二人があの世に戻って三日後のことだった。

草生介は奈木に手紙を書いていた。

もし他の脚本家を採用していたとしても、もう一度、書き上げたい。

そして、それが無に帰すことになってもかまわないと。

幸い後任の脚本家はまだ決まっていなかった。胸を撫で下ろす暇などないのは奈木の声でわかった。「とにかく一日も早く初稿を書く。心配しないで」

あれ？　自分は今、奈木を励ましている。

草生介はパソコンに向かった。

一心不乱に台詞を書いて希林と裕也に渡す。手が少しでも止まると、希林に「次、何を言えばいいの？」と言われる。そんな気持ちでキーボードを叩く。ドラマの住人になったようだ。

いつか希林が教えてくれた話を思い出した。

古代ローマでは、芸術作品を創作するのは人間ではなく、精霊が人間に宿り、その精霊が作り上げるのだと信じられていた。

その精霊のことをジーニアスと呼んだ。

古代の人間には、どんなに優れた作品でも、自分の才能ではなく、精霊に導かれて作っているという謙虚な心があった。

しかし、次第に創作するのは精霊ではなく人間だと自惚《うぬぼ》れるようになり、天才のことをジーニアスと呼ぶようになった。

希林は天才という言葉は人間のエゴだと言った。

脚本家が書いた脚本に、監督や役者、スタッフ、大勢の人たちが価値を付けてくれて作品は完成する。

それが誰かに届き、また新たな作品が生まれる。草生介はその循環の中で生かされているに過ぎないのだ。

これから脚本家を続けたとしても、希林を唸らせる作品を書けるかどうかなどわからない。

それでも書き続けようと思った。

この先、年を重ねる度、喪失感は増えていくだろう。それは負の感情だけではなく創作し続けるための糧である。淋しさとは自分との対話であり、その対話が創作なのだ。

草生介はパソコンを打つ手を休めスマホを見た。奈木から写真が送られてきた。脚本執筆を再開したことを告げてから、奈木はいろんなものを送ってくる。木像が写っていた。胸元がはだけた老婆が鬼のような形相でこちらを睨んでいる。

「奪衣婆《だつえば》ってご存知ですか？　三途の川のほとりで亡者を待ち受け、死装束を剝ぎ取る老婆の鬼で、閻魔様に裁かれる前に亡者の心を丸裸にするのが役目なんです」とメモが添えられていた。すべてを見透かすような奪衣婆の佇まいはまるで希林のようだ。

奈木には本当に感謝している。

先日、希林を演じる大桃明日香からメールをもらった時、奈木のプロデュース力に改めて感心させられた。

大桃は実は最初は断ったのだという。

なにせ希林を演じるのだ、当然のことだろう。

その心を動かしたのは、足繁く通い裕也と希林の魅力を語った奈木の誠意だった。

草生介も同様に、奈木がいなければ希林に、そして裕也に出会えなかった。

激動の昭和に生まれ、日本の芸能界を疾駆してきたロッケンローラーと俳優。

夫婦という大きな袋の中には、愛情、憎悪、修羅、尊敬、信頼、安心、献身、あらゆる感情が入っていた。

この話は、転がり続ける石のように苔の生えない夫と苔のような妻の話。

仏教を通じて清くなろうとする希林と心を浄化しようと汚泥の中を泳ぐ裕也の話。

人間の業を肯定した落語のような夫婦の話。

父と母の二律背反の間で逞しく育った娘の話。

そんな愛すべき家族の営みを描いたホームドラマだ。


いよいよラストシーンを残すのみとなった。

草生介は、両手を真上に上げ大きな伸びをして、ラストシーンを書き出した。

ラストシーンは、家族が希林の家に集まったある日曜日にした。

裕也、希林、也哉子さん、そして也哉子さんの夫の本木さんと三人の子どもが一つ屋根の下に揃った。

也哉子さんたち家族は、夜の便でロンドンに発つことになっている。その束の間の家族団欒だ。

相変わらず裕也はわがままを家族にぶつけたが、家族は笑っていた。家族には裕也の怒りはどこかおどけた可笑《おか》しいものに思えたからだ。

一番下の子が磁石で遊んでいた。同じ極同士をつけようとすると反発し合う。それが面白いようだ。

引き合ったり反発したりする磁石のように、お互いを引き寄せ合いながらも混じり合わない関係……。

「ユウヤとバーバみたいだね」と一番下の子が言った。

也哉子さんは物置から一枚の古い絵画を見つけてきた。

異国の街角で大道芸人が綱渡りのバランスを取ろうとしている絵だった。

「構図が素晴らしいわ」と也哉子さんは言った。

希林は「この絵にはね、通行人の無関心さが描かれている。それに惹かれて買ったのよ」と言った。

娘は母親らしいと思い微笑んだ。

帰りしな也哉子さんは希林に言った。

「悩み、悲しみ、喜びは、すべて家族から始まっているのよね」

「現実はホームドラマなんかより、揉め事が多くて、いい関係よりむしろマイナスの関係の方が多いものよ。家族って、諸悪諸善の根源なのよ」

「……だから、ドラマなんかより、人生の方がずっと面白いのか」

也哉子さんが納得して言うと、「あんた、わかってきたじゃない」と希林が言った。

母と娘は顔を見合わせて微笑んだ。

家族は帰っていった。夕暮れ時、老夫婦二人だけの時間が流れた。


「えっ、書けたんですか?」

「今から原稿を持っていく。いいかな」

「もちろんです」

「監督、読んでくれるかな」

「もし、ダメ出しされたらどうします?」

「その時はまた書くさ、何度でも」

「はい」

「一つ聞いていいか?」

「なにか?」

「一度、喫茶店で、奈木と御園監督が口論になったことがあったろ?」

「…………」

「あれはもしかして俺を書く気にさせる狂言だった?」

「……まさか。そんな策士じゃないですよ」

「でもさ、あの時、監督が『このテメェ野郎！』って言った気がしたんだ」

それが台詞を間違えた役者のように思えたのだ。

「そうでしたっけ？　そんなことまで覚えてませんよ」

「そうだよな」

「強いて言うならあの時、私と監督に希林さんと裕也さんが降りてきたのかもしれません」

「…………」

「では、原稿お待ちしております」


今、御園が脚本を読もうとしている。草生介はその前に座り、それを見ていた。

脚本を渡し部屋を出て行こうとしたら、この場にいてくれと言われたので、そうすることになった。

本当はこのまま帰ってしまいたかった。出前を届けた蕎麦屋のように、済んだら器だけ部屋の外に出しておいてくださいと告げ、さっさと引き上げたかった。

御園はタイトルを見てニヤリと笑った。

御園はクリップを外し、目測でボリュームを確認するようにペラペラと捲り、机の上でとんとんと原稿を揃えた後、まるでスキャナーが画像を取り込むように目を原稿に近づけゆっくりとオープニングシーンを読み出した。

◯シーン1　希林の家
真っ暗な夜道に足音が聞こえる。
家の中で息を潜め、足音を聞いている本木、希林、也哉子と子どもたち。
やがて足音は止まり、家の外から男の怒号が聞こえる。
男「おい、おい、開けろ」
男は酔っている。男は内田裕也である。
本木は鍵を開け、裕也を中に入れる。
裕也は、鋭い眼光で家族を睨み付ける。
暗闇の奥、手に鉄パイプを持った人影。希林である。
鋭い眼光で裕也を睨み付けている。
ぶつかり合う視線と視線。
希林「やっちゃいなさい」
その言葉の直後、本木は裕也に飛びかかった。

スローモーションで裕也が倒れる。

希林、本木を押しのけ裕也に馬乗り。

裕也、希林が揉み合う。

タイトルイン　『危険なふたり』

御園はこのオープニングを気に入ってくれるだろうか。

自信を持って書き上げた脚本だったが、それでも不安が総動員されて心を揺さぶる。ましてや出戻りだ。前回は、この脚本には何も感じないと酷評されている。きっと今回も何の忖度もなく、思ったことを的確で鋭い言葉に変換し、ずけずけ言うだろう。

御園は人を褒めたことがあるのか。人をいい気持ちにしようとしたことはないのか。助監督時代も生意気だったに違いない。御園が主役の俳優を目掛けて駆け出して「おはようございます」と頭を下げる姿はとても想像できない。

そんなことを妄想し、不安を紛らわせると、幾分、気が楽になった。

草生介は、御園がページを捲る度、今どの辺りを読んでいるかがわかった。

煩悶しながら懸命に書き上げた脚本だ。電車に乗っている鉄オタが、目を閉じていてもどの辺りを走っているかわかるようなものだ。

御園は今、二人が出会い裕也が希林に惚れたシーンを読んでいる。

ここは草生介が想像で書いたものだ。

希林は舞台袖にいた。これから裕也のライブのゲストとして出ていくのだ。

ステージ上の裕也は誰よりも輝いていた。バランスの取れた体形はセクシーという以外、形容する言葉が見つからない。ステージ上での身のこなしは、映画でギャングが銀行を襲うような危険な香りがした。

ドラム、ギター、ベースがカッコよさで対抗しようとするが、何をしようが裕也には敵わなかった。

観客の盛り上がりが最高潮になった時、裕也は希林をステージに呼んだ。

希林は物怖じすることなく、パフォーマンスをした。音楽のステージに俳優が上がることが場違いであろうと希林は動じなかった。希林という役を演じていれば怖いものはなかった。

裕也目当てのファンが魅せられていった。希林はたちまち裕也のカッコよさを存在感で飲み込んだ。

希林のステージを見て、裕也はあの時の衝撃が蘇った。かつてヨーロッパでロックと出会った時の衝撃だ。

出番を終えた希林を裕也は拍手で迎えたが、希林は一瞥《いちべつ》もくれることなく去って行った。二人がすれ違った時、希林の汗が飛沫《しぶき》となって裕也にかかった。エロチックな香りがした。それは裕也の魂に愛が着床したかのようなロマンチックな出来事だった。

その瞬間、裕也は希林に惚れた。

このシーンを気に入ってくれただろうか。御園はかすかに頷いたように見えた。


今、御園はあのシーンを読んでいる。

ある冬の日、希林と小学生になったばかりの也哉子さんは電車に揺られていた。隣で同じ年頃の女の子が両親と楽しそうに話している。

そんな家族を横目に、也哉子さんは丸めて持っていた画用紙を抱き抱えた。画用紙には赤いリボンが結んであった。

夕暮れ時、親子が歩いている。二人の長い影。

やってきたのは留置場だった。

希林と也哉子さんは小さい部屋に案内され誰かを待っていた。

少し時間が経ち、年配の刑事に連れられて現れたのは裕也だった。裕也は希林と也哉子さんを一瞥すると、何も言わずに座った。

部屋中が緊張感に包まれた。ストーブのヤカンの蒸気の音しか聞こえなかった。

久しぶりに会う娘に父親はどんな言葉をかけるのか、その場に立場上居合わせた刑事まで緊張していた。

裕也は黙ったままだった。刑事は所在なく宙を見ている。

その時、裕也は刑事に向かって言った。

「すみません。トマトジュースいただけますか」

「あ、はい」

刑事はその言葉に、まるで店員のように反応した。裕也がトマトジュースを受け取ると、静かに飲み干した。

也哉子さんは裕也に丸めた画用紙を渡した。裕也がリボンをほどき画用紙を広げると、そこには也哉子さんの描いた絵があった。

裕也は也哉子さんと絵を交互に見比べ、「お前、でっかくなったなあ……」と笑顔で娘の頭を撫でた。

父親は言い訳も詫びの言葉も口にしなかった。

娘が見たのは、いつものようにまったく父親らしくない父親の姿だった。

希林は、父親と娘の光景を見て微笑んだ。

希林はこんな裕也の姿に惚れたのだ。そして、それを娘に見せたかったのだ。

これがこのホームドラマの家族団欒のシーンだ。


今、御園はあのシーンを読んでいる。

裕也と希林があるアジトに潜入するシーンだ。

こんな場面は資料のどこにもないが、どうしても入れたかったシーンだ。


雲が流れ月を隠した時、辺りは漆黒に包まれた。

そこに二人の影が現れた。迷彩服の裕也と希林だ。

二人は建物を見上げた後、顔を見合わせ頷いた。決行の合図だ。

守衛の目を盗み二人はアジトに侵入した。そしてある部屋を目指した。

このアジトにはまだ世に出ていない芸能人のゴシップが保管されている。どのゴシップも公表されればたちまち炎上するネタばかりだ。

晒された者は大衆の暇つぶしの恰好の餌食となり、謝罪という儀式の後、芸能界を追放されるという、お決まりのパターンが待っている。

二人は赤外線センサーをなんとか掻い潜り、ゴシップの眠る部屋にやってきた。

裕也と希林は機関銃を構えると資料に向かって乱射した。

銃口からカラフルなペイント弾が発射される。たちまち資料はペイントまみれになり使い物にならなくなった。代わりに部屋一面がカラフルで前衛的なアートになった。

二人は高笑いした後、地下へ向かった。地下にはこれまでゴシップによって芸能界から抹殺された者たちが牢屋に閉じ込められている。

牢屋の前に立つと裕也がハンマーで鍵を破壊した。希林は素早く扉を開け、閉じ込められた芸能人たちを解放した。

「たった一回の過ちで戻ってこられない世の中は間違っているわね。さあ、もう一度世間に戻るのよ」と希林は言った。

「自分を晒したことに誇りを持て！　ロッケンロール」と裕也は叫んだ。

その時、警報器が鳴った。守衛たちが駆けてきた。

裕也と希林は屋上まで駆け上がると、夜空を見上げた。

ヘリコプターから縄梯子が下りている。操縦席からウィンクしたのは本木雅弘だった。

このシーンを読み終えた御園はニヤリと微笑んだ。

御園が捲る原稿も終わりに近づいた。いよいよラストシーンに差し掛かろうとしている。思えば本当に長い旅路だった。やっとホームドラマという乗車券を手に入れ、それがさらなる苦難の始まりだった。

御園が用意した路線は、最もホームドラマには向かない規格外の二人だった。

なぜ希林と裕也は夫婦を続けたのか、それを探求しながら終着駅を目指した。

これまでにない真摯な気持ちでベストを尽くしたという自負はある。

これでダメなら、脚本家としての力量が足りないということだ。

憧れの存在だった御園は、自分の脚本家生命を託すに値するプロの監督だった。何度も悔しい思いをしたが、作品についてとことん語り合える人に出会えたのは、かけがえのない財産だ。

最後のページまで行った時、御園は首を傾げ、数ページ前に戻ったり、机の周りを見回したりして何かを探した。

「ラストシーンがないぞ」

遂にこの時が来た。

「ラストシーンはここにあります」

草生介は膝に置いたファイルを見せた。

「なんでまた」と、御園は手を伸ばした。

草生介は短く息を吸って吐いた。

「ここまでの感想を伺ってから、お見せします」

御園は伸ばした手を戻し腕組みして、「そういうことか」と苦笑いを浮かべて頷いた。

草生介は身体が熱くなってくるのがわかった。

「まあ、いいんじゃないか」

御園は原稿を机の上でとんとんと揃えた。

「前のより断然、こっちの方がいい。全体にいい意味でタイトになったし、台詞にもコクが出てきて、楽しめたよ。やり取りの中にも細かいアイデアが増えてきていい感じだと思う」

そして御園は草生介の目を見て言った。

「この『危険なふたり』の意味は？」

草生介は迷うことなく答えた。

「二人が危険なのではなく、嘘だらけの世の中を見つめる二人の眼差しが危険なほど美しい、という意味です」

「いいタイトルだ。問題はラストシーンだな」

やっとここまで来た。今、手に持っているファイルを御園に渡せば終着駅に辿り着く。

「これがラストシーンです」

草生介はそう言ってファイルを渡し部屋を出た。

初夏の風に乗って厨房の方から醤油の焼けた香ばしい匂いがした。

娘の邦子が誕生日に欲しいものは、美顔器から美味しい鰻に変わっていた。

随分遅れてしまったが、草生介は奮発し、江戸時代から続く老舗の鰻屋を予約した。ここは生のまま蒸してから焼くので、注文から五〇分はかかるという。待っている間、草生介はいつ切り出そうかタイミングを探っていた。

「パパとママの話なんだけど……」

スマホをいじっていた邦子の手が止まった。

草生介は話し始めた。話していると、ウチも母子家庭のようなものだったと気づいた。

娘を育て可能性を広げたのは妻だった。草生介は同居しているに過ぎなかった。それでも娘は仕事の合間に遊んでくれたことが嬉しかったと言った。

離婚した過程を話しているつもりが、妻との思い出話になり、感謝の気持ちになり、自分を晒け出した愚かな男の話になってしまった。

今は夫婦ではなくなり、一つ屋根の下で暮らすことはなくなったが、邦子が今この世に存在していることが、家族の確かな証だと告げた。

鰻重が来たところで、この話は終わりにした。

お重の蓋を開け、胸一杯、匂いを吸い込んだ時、邦子は一筋涙をこぼした。

肉厚のふっくらした、ふわふわな鰻を草生介に見せ、「すごい、お箸で切れちゃうよ」と言って頰張った。

草生介は心の中で呟いた。

「un amour, s'il vous plaît（愛を一つください）」


娘は鰻を食べ終わると彼氏と約束があると先に出た。

草生介は鰻の余韻を濃いめの煎茶で流した後、鞄の中から脚本を取り出した。

苔色の表紙には力強い毛筆体で『危険なふたり』と記されていた。

表紙を捲ると、筆頭に脚本・三林草生介とあった。

あの日、御園に脚本を見せ、了承を得たが、そこで完成したわけではない。とりあえず初稿ができただけで、そこからが大変だった。

脚本《ホン》打ちという推敲作業が待っていた。監督、プロデューサー、脚本家が顔を突き合わせ、脚本に磨きをかけていく。何度も繰り返され、その度に山のような直しを求められる。

御園と奈木の注文はどれも的確で目から鱗が落ちるものばかりだった。

孤独な直し作業を日夜行ったが、草生介はそれが楽しかった。

時々、御園の偉そうな物言いに腹が立ち、「そこまで言うなら、お前らが書けよ」と言いたかったが、脚本で仕返しをすると決め推敲を続けた。

自信喪失、自信過剰、そのどちらかに心が傾いた時、也哉子さんが喪主代理の挨拶で言っていた希林の言葉を思い出した。

「おごらず、人と比べず、面白がって、平気に生きればいい」

希林はこの意味を教えてくれたのだ。


草生介が今手にしている脚本はこの先、脚本家として生きていくためのパスポートになるだろう。

パスポートを更新し続けられるかどうか、不安もあるが、堂々と胸を張って、ホームドラマを書ける脚本家として居座ろう。

ドラマは御園の演出によって素晴らしい作品に仕上がるだろう。

そうすれば次回作の依頼も来るだろう。

さあ、今から快進撃だ……と思うはずだった。

おかしい。俺はどうしちゃったんだろう？

ついに夢が叶ったというのに、さらなる野心も高揚感も湧いてこない。

いま草生介の胸にあるのは、有名になることより、ずっと空気のような脚本家でいたいという思いだけだった。

いいドラマを観ることより、ドラマに携わるその時間に喜びを感じた。

創作の過程は苦悶の日々の方が多いが、創作に勝る喜びはない。

草生介は脚本を開き、ラストシーンに目を落とした。


也哉子さんたちが帰った夕暮れ時、希林は裕也との時間を過ごしていた。

希林は幸せだった。しかし、そんなことは口に出さずストッキングの塊でそこいらを掃除した。

いつの間にか裕也は椅子で寝息を立てていた。

その間に、希林は裕也用のベッドのシーツを新しいものに取り替えた。

そしてヴェネツィアングラスとワインをテーブルに用意した。

希林は八朔《はっさく》を剝きながら夫の寝顔を見ていた。

しばし時間が経った。

裕也は目を覚ますと希林に向かって静かに微笑んだ。

沈黙が流れた。それはこれまでの夫婦の時間を振り返る心地よい静けさだった。

二人で小舟に乗り、悠久の大河をゆらゆら漂うような豊かな時間だった。

裕也はポツリと言った。

「そろそろ帰ることにします」

希林はグラスとワインを並べたテーブルに一瞬目をやったあと「そうね、明日もあるしね」

と静かにこたえた。

カメラはゆっくりと苔むした庭先を映し、静かに黒味《くろみ》になる。


（おしまい）


ドラマの制作発表にあたり、コメントを寄せることになった。草生介はこんな文章を書いた。

「樹木希林には、暴動の最中、スーパーで強奪が起きても、レジに並びお金を払うような清らかさがある。

人種や時間軸を無視するなら、次のジェームズ・ボンド役は内田裕也しかいないと思う。

オープニングはハドソン川を泳いで渡るシーンだ。」

他のコメントと比べて明らかに浮いていたが、人と比べても仕方がない。おごらずに面白がればいいのだ。

草生介の日常はと言えば、朝起きて植木に水をやり、コーヒーを飲み、部屋中をコロコロして回り、つまらないダイレクトメールをシュレッダーにかける。

マイバッグを持って散歩に出かける。

相変わらず夜中にドラマも観ている。

最近は、日本のドラマだけではなく、海外のドラマにもハマっている。

この間、観たドラマの……、嗚呼《ああ》、主役の女優の名前が思い出せない。

『タイタニック』に出ていた……、なんだっけ。

そうだ節子さんに電話してみよう。

草生介が、『タイタニック』の頃はあんなに若かったのに、ドラマではアメリカの田舎町で気の強い刑事を演じているなど、手がかりを話すと、節子さんはあっさり、「それはケイト・ウィンスレットね」と教えてくれた。

節子さんとはいつも管理人と話し込んでいたあの老婦人だ。

撮影は順調に進んでいるらしい。奈木から一度くらいは顔を出してくださいと嬉しい誘いもある。

きっと希林は「そんな暇があるなら、お母さんのとこ、行ってあげなさい」と言うだろう。母親の好きなスモモを手土産に訪ねて、自分の知らない父親との話を聞いてみよう。きっと面白がって話してくれるだろう。

窓際の棚には縁日で買った苔が順調に育っていた。

この作品は書き下ろしです。

装幀　bookwall
装画　アコル

主な参考文献・資料

『一切なりゆき　樹木希林のことば』樹木希林　文春新書　二〇一八年
『この世を生き切る醍醐味』樹木希林　朝日新書　二〇一九年
『新装版　ぺーぱーむーびー』内田也哉子　朝日出版社　二〇二一年
『内田裕也　俺は最低な奴さ』内田裕也　白夜書房　二〇〇九年
『内田裕也　反骨の精神』内田裕也　青志社　二〇一九年
『内田裕也、スクリーン上のロックンロール』内田裕也　キネマ旬報社　二〇一九年
『川崎徹全仕事　広告批評の別冊2』天野祐吉編　マドラ出版　一九八三年
『寺内貫太郎一家　向田邦子シナリオ集（上巻）（下巻）』ニュース企画　二〇一四年
『阿修羅のごとく　向田邦子シナリオ集』（Ⅰ・Ⅱ）ニュース企画　二〇一四年
『触れもせで　向田邦子との二十年』久世光彦　講談社　一九九二年
『PARTNERS #2』kontakt　二〇一九年
『婦人画報』二〇一九年一一月号
〈PARCO〉CM　一九八五年
『Zingaro（ジンガロ）』パンフレット

樋口卓治（ひぐち・たくじ）
作家・脚本家・放送作家。1964年、北海道生まれ。2012年、小説『ボクの妻と結婚してください。』（講談社）で作家デビュー。舞台、ドラマ、映画化される。2019年には、ドラマ『離婚なふたり』で脚本家としてもデビュー。ドラマ『共演NG』で第106回ザテレビジョン ドラマアカデミー脚本賞を受賞する。他の著作に『喋る男』（講談社文庫）などがある。また放送作家として『笑っていいとも！』『ヨルタモリ』『学校へ行こう！』『さんまのスーパーからくりTV』『中居正広の金曜日のスマイルたちへ』ほか多数の人気番組を担当し、『古舘トーキングヒストリー〜忠臣蔵、吉良邸討ち入り完全実況〜』で第43回放送文化基金賞優秀賞を受賞する。

危険なふたり
2023年4月20日　第1刷発行

GENTOSHA

著　者　樋口卓治
発行人　見城 徹
編集人　菊地朱雅子
編集者　小木田順子

発行所　株式会社 幻冬舎
〒151-0051　東京都渋谷区千駄ヶ谷4-9-7
電話　03(5411)6211(編集)
03(5411)6222(営業)
公式HP：https://www.gentosha.co.jp/
印刷・製本所　錦明印刷株式会社
組版　美創

検印廃止

ISBN978-4-344-04097-7　C0093

この本に関するご意見・ご感想は、
下記アンケートフォームからお寄せください。
https://www.gentosha.co.jp/e/